JN075942

大熊信行と凍土社の地域文化運動

歌誌『まるめら』の在地的展開を巡って

仙石和道

論創社

序にかえて——仙石和道君の大熊信行研究について

池田　元

仙石君は、大熊その人の人間性に注目し、その活動の特質を追究すべく検討してきましたが、自分自身の研究の「オリジナルな方法と領域」を確定するまでに、かなりの時間を要しました。月並みな、主著を中心とした思想史的方法や文献的方法で十分博士号は取れるにもかかわらず、それを良しとせず、そうしたやり方では本当の「等身大」の人間の掌握はできないとして、大熊が実際にかかわった運動自身に踏み込み、文化運動としてかかわった在地の民衆との交流関係までフォローして、その影響を本格的に実証しようとしてきたことによります。

仙石君は、大熊のかかわった歌誌『まるめら』の短歌・和歌革新運動と、それを受容して地域の文化運動を展開した新潟県柏崎地方の結社である「凍土社」同人たちの活動を中心として、それらの実態を、人脈や歌論の転回に注目して掌握してきました。その結果、中央レベルから在地レベルまで、その中間媒介者（指導者）などを含めて重層的な文化運動の全体像を明らかにすることができました。

しかも、大熊という人間は、こうした在地民衆からの影響を受けて言論活動をしていくような鋭敏な時代感覚をもった思想家であること、文化の相互交流を良しとする強い指向性がある思想家であることなど、これまでとは違った驚きの「大熊像」が提起されました。

『まるめら』とその受容した在地の運動の関係については、これまで、全く未解明でしたが、『まるめら』全誌の収集をはじめ在地の新聞・雑誌はおろか歌会の配付プリントまで、現地調査に基づく運動人脈での聞き取りと資料収集によって、粘り強く解明してきたものです。『まるめら』の運動が、ここでは単なる短歌運動としてだけでなく、商家の青年たちによる地域形成の運動の一環として、地域の新聞や雑誌を巻き込んだ文化運動として展開されていることまで詳細に明らかにしています。

仙石君の論文は、大熊などを知らなくても、歴史叙述として読んでも、十分実証のきいた斬新な面白いものとなっています。博士課程で少々の努力でやれる「博士論文」のレベルをはるかにこえている、という所以です。

しかも、仙石君の大熊像が私たちの内面に響いてくるのは、彼の抱く「理想の知識人・思想家」、もっとストレートにいえば、弱者・凡庸人・庶民をも切り捨てない「あたたかい血のかよった先生像」を浮かび上がらせていることによるからでしょう。それはこれまでの教育制度のなかで、居場所を求めながら充足できる場所を得られなかった彼自身の「被疎外」体験から発するものかもしれません。その意味で、仙石君の「人間大熊への執着」は深いものがあります。

そこまで行けば、あまりに主観的で、もう、学問ではないのかもしれません。しかし、「学問的」レベルを突き抜けた「人間的」レベルのまなざしこそが、仙石君の大熊研究の魅力なのです。

（いけだ・はじめ／筑波大学名誉教授）

大熊信行と凍土社の地域文化運動

――歌誌『まるめら』の在地的展開を巡って

目次

序章　研究の課題と方法

大熊信行[*1]は、生涯を通じて全力で生きた思想家であった。経済学者として、「配分原理」を発見し、生涯において、一貫して自らの経済理論を展開した。また、大熊自身が主宰者であった歌誌『まるめら』は、昭和初期に見られた短歌革新運動などと、深く関わっていた。『まるめら』の特色としては、単なる短歌雑誌ではないことが挙げられる。歌作・歌論のみを掲載をしているのではなく、同人達の思想・行動に関わる記事が掲載されており、例えば、大熊の評論活動、経済学の記事、書評、人物評論、などが掲載されている。当時の図書館についての記事まである。これは、同人の一人が図書館員であることも関係があるが、『まるめら』にさまざまな階層の幅広い同人が存在したことが大きいといえるだろう。

同人には、大熊の東京高等商業学校の同級生、小樽高等商業学校時代・高岡高等商業学校の教え子などもいるが、最も『まるめら』に影響力を振ったのは、大熊を除けば、初期では、浦野敬、土田秀雄、後期では、佐野一彦、佐々木妙二の四人である。この四人は、時期はずれるが、『まるめら』の編集に関わっており、『まるめら』研究にとっては欠かせない存在である。また、前述のとおり、『まるめら』には、大熊が書いた歌作・歌論だけでなく、評論活動、経済学の記事、書評、人物評論などが掲載されており、大熊信行研究にとって、『まるめら』の研究をすることは、欠かせないと考えられる。

しかし、これまでの大熊研究では、『まるめら』についての研究は少なく、殆どないといってよい。『まるめら』という歌誌が、「幻の歌誌」といわれる程入手困難なため、現在、日本国中、全ての巻号を所蔵している図書館・資料館・文学館は存在せず、『まるめら』研究を深めることは、容易ではないことが原因である。また、大熊の人物の特徴として、文章の修正を繰り返す人物であることがいえる。このことは、大熊研究を難解にしている原因の一つである。それゆえに、大熊という思想家が、これまで論じられることが極めて少なく、論じているものも、自らの経済理論から総力戦体制を唱えた知識人として捉えられている。大熊は戦時中、大日本言論報国会の理事となり、言論統制を主導した人物とされてきたこともあって、評価の低い人物とみなされてきた。また、戦後は、自らの「告白」により、転向者として、批判的な評価を受けてきた。そのような評価は、多方面の活躍をしてきた大熊の研究にとって不幸なことである。

本論文では、このような低い評価を是正するためにも、『まるめら』の研究を通じて、大熊の再評価を目指すものである。大熊が、歌壇・論壇などで、論争を繰り返して、思想を展開してきた人物であり、これまでの大熊の先行研究も大熊の言説に引きずられてしまう側面もあった。しかし、『まるめら』という歌誌が、戦前の大熊の大きな情報発信の「場」であったことは間違いないのである。

そこで、本論文では『まるめら』の編集をしていた前述の四人の人物の内、小樽高等商業学校勤務時の教え子であり、その後、柏崎商業学校の教諭となり、戦後は、柏崎専門学校の学長、新潟大学商業短期大学部の教授となった土田秀雄を中心とした新潟県柏崎の短歌グループ「凍土社」に注目することにした。凍土社の中には、『まるめら』の同人が数人いたが、これまで、『まるめら』の中でも、その存在に言及されることは数回しかなかった。だが、『まるめら』の中で行われた短歌革新運動により、昭和七年には、『まるめら』において「短歌」という表題が「和歌」に変化している。凍土社の出詠をする場の一つであった柏崎のローカル紙の『越後タイムス』の紙面でも、同じように「和歌」という表題に変更になっている。また、大熊が『まるめら』に歌作・歌論を出詠しなくなった時期と、凍土社が活動を止めていく時期は、昭和一三年と重なっている。昭和一四年には、『越後タイムス』が、用紙統制により、廃刊に追い込まれており、自由な言論活動が行われなくなった。『まるめら』は、昭和一六年まで、佐々木妙二の編集により存続はしていたが、大熊が関わったのは、昭和一三年までであり、その意味において、大熊研究と『まるめら』の研究が重なりあうのは、昭和二年〜昭和一三年と考えてよい。大熊―『まるめら』―凍土社の活動は、地域社会の言論活動が、用紙統制によって、封じられていく一つの時期の歴史としても考えられる。

大熊が、このように地域社会と結び付いた短歌運動（短歌革新運動・和歌運動を含む）を含めた言論活動をしたことが、大熊の思想家としての特色であるといえよう。自らの経済理論、短歌理論を総合雑誌などにも寄稿したことにより、富山県高岡のような地方に住んでいながら、日本中に散らばる『まるめら』の同人たちへ、自らの思想を伝達することができたのである。つまり、『まるめら』と総合雑誌などによって、繰り返し、同人に、影響を与えることができたということである。大熊の言論活動は、このように評論家としても多岐の分野に及んでおり、単なる、経済学者・歌人としてだけでは、捉えきれない幅の広さを持っている。ゆえに、思想家としての評価も難しい。

また、大熊自身が、思想家として、「生活」・「経験」といった自らの体験を元にした社会に対する視線を、自らの思想に取り入れていった思想家である。例えば、大熊は次の指摘をしている。

> 講演後に講演者を囲む座談会といふものは、講演者自身にとつて極めて有意義なものだといふことは、毎年の秋、富山県国民精神文化講習会に出講する都度、わたくしの経験するところである。昨年の秋は福澤村の青年修練道場に一泊し、その晩も座談会の希望に応じたわけであつた。小学校長や主席訓導の人々の出される問題や質問ほど身に沁みるものはない。平素学生風な質問にだけ接してゐる自分は、生活そのものの中から沸いて来てゐる色々の質問に胸を撃たれるのである。*2

「生活そのものの中から沸いて来てゐる質問」という彼の言葉は、非常に重要な指摘である。また、毎年のように大熊が富山県の講演会に、参加していたことにも驚かされる。この文章の前には、「昭和七年の秋かとおもふが、神戸商大の講演部か雑誌部かに招かれて、（中略）『経済本質論』の第三章に収めてある研究を初めて発表した[*3]」という記述もあることから、大熊の思想形成には、「座談会」・「講演会」というものが極めて重要であったことが指摘しうる。こういった講演会は、柏崎でも行われている。昭和一一年に柏崎での講演会が行われていたことが確認されているが、昭和三年にも、トルストイの「座談会」に出席予定であるという記事が、『柏崎日報』に掲載されている。大熊の思想形成には、机上の学問以外に、このような「座談会」・「講演会」などの言論活動によるものが含まれており、それは、『まるめら』の短歌運動においても、同様であった。

大熊が、高岡高等商業学校に勤務していた時代（昭和二年〜昭和一七年）に、大熊の主著の原型が生まれた。また、『まるめら』の発刊された時期（昭和二年〜昭和一六年）ということでも重なり合う。大熊の主著の原型の形成と、主宰していた『まるめら』の発行は、大熊の思想活動にとって最も充実した時期であったといえる。

大熊を論じた論文は多数存在する。松本三之介[*4]、鶴見俊輔[*5]、今田剛士[*6]の論文は、大熊を転向・転回した学者として取り扱っている。また、経済学者としての大熊については、田中秀臣[*7]、上久保敏[*8]も考察しているが、『まるめら』に対する評価はない。その中で田中は、大熊と文学・短歌に関して一定の目配りをしており、大熊の『文学的回想』を引用している。経済学者である田中でさえも、大熊の思想を理解するには、大熊の文学を、把握しなければならなかったといえよう。

勿論、『まるめら』という歌誌が、殆ど見る事ができない状況であるので、それは仕方がないのかもしれないが、大熊自身が主宰した『まるめら』をこれからの大熊研究から外すことは、難しいと考えられる。彼が、単なる経済学者であるならば、経済学の領域のみの論文で、大熊の評価はできる。しかし、前述のとおり、大熊の幅広い言論活動が、多岐に渡り、また、『まるめら』の小さな記事・「編輯言」などにも、経済学についての記述があり、例えば、学会に出席したなどの、大熊の行動の記録まで掲載している記事もある。経済学の主著だけでは、経済学者としての大熊の新しい評価ができない。その意味で、これまでの、先行研究は不十分である。また、大熊が、『まるめら』に掲載した歌についても、何首か書き換えを行っている。そういう人物が晩年になって自らが書いた回想録である『文学的回想』を全て信じることは、難しいのではあるまいか。また、これだけ多くの大熊の著作を見ていると、それが、自らの回想録やそれに付随する断片的な研究資料のみで、判断をしていいのかは、どこかに疑問が残る。

近年の研究の中では、池田元[*9]の論文は、主著と歌論の接合を論文の中で展開している。池田の試みは、これまでの大熊の領域を総合し、比較する試みとして一定の評価はできる。但し、『まるめら』の歌作・歌論のレベルが大熊や主要な同人に限られている。もっと多くの同人の比較研究を行うことが、これからの大熊研究の課題として必要だろう。以上、これまでの先行研究は、よい意味でも悪い意味でも、大熊の回想録に引きずられすぎたのではなかろうか。また、自ら主宰していた『まるめら』の研究を抜きにして、言論活動の分析はできないと考えられる。

大熊の言論活動の大きな論点として、大日本言論報国会の理事であったことがあげられる。大熊自身は、大日本言論報国会の理事であったことを、戦後、「大日本言論報国会の異常性格――思想史の方法に関するノート」（昭和三六年）の中で、回想し、論じている。[*10] この論文の中で特に重視しなければならないのは、政治学者であった丸山眞男との論争についての記述である。[*11] 丸山が大熊の『国家悪』に対して部分的には評価しているにも関わらず、大熊の戦時中の言論活動への批判が大きく存在している。[*12] また、丸山の国家に対する認識が大熊とは異なることを、この文章の中で読み取れる。なお、この丸山の批判に対して、大熊は一年後の昭和三六年には答えており、それだけ、時代に対して鋭敏な時代感覚を持っていた事がわかる。

しかし、このような業績を残した大熊については、言論統制をした知識人の一人であるという「負の側面」の評価が固定化されている。だが、主宰者であった『まるめら』を廃刊に追い込まれ、戦時中には、『婦人公論』に寄稿した文章が陸軍情報部の圧力で掲載されなかったという事実もある。このように、大熊自身も言論統制の犠牲者であったという指摘もできる。つまり、今後の大熊研究には、大熊の思想の形成・成立・展開過程を解明することが必要である。これまで解明されてこなかった『まるめら』などの、大熊が深く関与した雑誌などの言論活動を分析する事による研究が必要とされている。なにより、大熊の思想家としての一貫性の把握が極めて難解であることから、主著を中心としたこれまでの研究だけでは限界があり、大熊の「座談会」・「講演会」などの言動を含めた大熊の等身大の実像を把握するには、そのための別の研究が必要である。また、大熊の『告白』・『文学的回想』といった大熊の回想録で語られた大熊像に飲み込まれない、実証的な研究も必要である。

本書は、これまでの大熊が自ら書いた回想録による大熊像とは違った、新たな大熊像を展開するためにも、大熊とは別の場所で展開した土田と凍土社の活動の研究を中心とする。

大熊が『まるめら』において展開した短歌革新運動を通じて派生した柏崎の凍土社について、『まるめら』と柏崎で発行された新聞である『越後タイムス』の相互の関係を通じて文献調査を行った。凍土社になぜ注目するのかといえば、『まるめら』の中では、ほとんどの同人が大熊を中心とした縦の関わりを持っていたのに対し、凍土社は、柏崎に根付いた「集団」として、地域社会の文化活動として『まるめら』に参加したことにその特異性があるからである。また、これまでの大熊研究では、『まるめら』の編集をした四人の重要人物である土田や凍土社についてはは論じられておらず、『柏崎市史』にも、小樽高等商業学校の教え子である土田が、柏崎商業学校に赴任していたこととしかかわかってはいなかった。

本書を通じて、大熊は、高岡や柏崎の民衆の影響をうけ、彼らとの相互交流のなかで言論活動していくような鋭敏な時代感覚をもった思想家であることを明らかにする。『まるめら』の運動は、単なる短歌活動・文化運動だけではなく、関わった青年による地域形成の運動の一環として、新聞や雑誌を巻き込んだ運動であったことを凍土社の事例をとらえて説いていきたい。

本論文の「方法」として、『まるめら』全誌の収集を、在野の大熊信行研究者のご協力と図書館・文学館などを通じて行った。また、柏崎では、『越後タイムス』・『柏崎日報』・戦前の『柏崎新聞』、同窓会誌の収集や、凍土社に関わった同人のご子息・ご兄弟・親戚などの方に、現在できる限りの現地調査にもとづく運動人脈の聞き取り調査と文献調査をした。凍土社の研究資料は、凍土社の歌誌は存在せず、現在のところ、「歌会プリント」が散逸しているため、『越後タイムス』・『柏崎日報』などの当時の新聞資料、また県史・市史の資料を利用する。特に重視するのが、『越後タイムス』である。明治時代から続く長い歴史があり、戦前の柏崎の青年達の多くが、『越後タイムス』を購読していた。凍土社の短歌活動の中心は、『越後タイムス』であったことは間違いない。結果、『まるめら』の展開と凍土社の展開の関連などを対応させることを目的とした。

第一章では、『まるめら』を主宰していた大熊が、勤務校であった高岡高等商業学校において、『まるめら』を中心とした短歌活動を行い、文芸部長として活動していたことを論じる。大熊は、活発な努力をして短歌革新運動（口語短歌運動）を展開した。高岡で発行していた『まるめら』の影響を受けて、柏崎で誕生した凍土社について述べる。また、同時期に、大熊は『高岡新聞』・『富山新報』で、短歌の選者をしていた。大熊は、自らの短歌理論を展開するために、高岡の歌人と深い関係を持ち、短歌理論を戦わせた。大熊の短歌理論は、戦前のこの時期においては、口語で非定型であったため、文語定型歌、口語定型歌の歌人からは批判をうけた。同じように、短歌活動をしていた凍土社は、大熊の短歌理論を『まるめら』の同人であった土田を通じて教えを受けた。大熊が『まるめら』に出詠した短歌には、戦後に出版した『母の手——大熊信行全歌集』の中で、何首か書き換えられている。

第二章では、大熊の小樽高等商業学校の教え子である土田が、『まるめら』と連動して、勤務校である柏崎商業学校で、第一期凍土社（昭和二年〜昭和六年）という短歌グループを結成したことについて述べる。柏崎の地方新聞の『越後タイムス』において短歌を掲載し、『凍土社歌集昭和三年度版』を出版した。土田が戦後に出版した歌集『氷原』と当時の『まるめら』に出詠した短歌との差異を検討し、土田の思想変遷を指摘した。時代的には、第二章が一番古いが、第一期凍土社の同人達の全体像について指摘した。野澤・神林・高橋・三井田などの第一期凍土社・第二期凍土社に参加する人々を、この章で取り上げている。土田は、自らの『まるめら』の歌論で、プロレタリア短歌について、接近を始めている。土田が、社会との接点を模索した時期であり、土田と凍土社の関係が最も近づいた時期でもある。しかし、プロレタリア短歌に接近していた土田が、直江津農商学校の教頭になることにより、文語定型歌に戻り、『まるめら』とは徐々に関係を絶っていった。『まるめら』の時期に歌った、「盗耕地」という農民の目線に立った歌があるのにも関わらず、昭和一〇年には、「御親閲拝受感激録」などの、昭和天皇に謁見した時の和歌一〇首を歌っており、完全に、自らの思想とは異質な歌を歌うようになった。

第三章では、第二章で指摘した、土田の柏崎での短歌活動と文芸愛好家の人々の交流を述べた。大熊との接点が、第一章の五節で指摘した「柏崎講演会」以前にもあった可能性がある、トルストイの座談会について指摘した。土田と凍土社との関係の深さを詩郷会、雄心会などのクラス会の活動を通じて指摘した。昭和八年には、土田の東京商科大学の恩師である大塚金之助の検挙や、小樽高等商業学校の二年後輩である小林多喜二が逮捕され拷問死をうけた時期であった。そのような時に、土田の教え子が、昭和七年頃に、凍土社を再興して、土田が手を引いた『まるめら』に接近をした。土田は、柏崎商業学校の教諭・直江津農商学校教頭・新発田商工学校校長になり、学校を管理する役職に就任することにより、自由な言論活動は、柏崎でも難しくなっていく時代でもあった。しかし、「柏崎講演会」の後に行われた凍土社の短歌会には、大熊も土田も参加した。土田自身は、『まるめら』との関係は直接なくなったが、大熊、凍土社との関係は持ち続けた。

第四章では、第二期凍土社（昭和七年〜一三年）の具体的な短歌活動を述べる。この時期には、大熊と凍土社が直接結びついている。柏崎の凍土社同人であった神林榮一・山田英一・野澤民治が、『まるめら』の同人になっている。「柏崎歌会」のように、「定型」の短歌が主流であった柏崎において、「非定型」であった凍土社は、『越後タイムス』の紙面の中で、細々とではあるが、郡司公平が昭和一三年まで歌を寄稿している。大熊と『まるめら』の影響が非常に強かったことを触れた。柏崎の他の短歌グループとの関係や、『越後タイムス』紙上においても、飛鳥野俊彦の凍土社批判の論説が掲載されており、神林・山田・野澤が『まるめら』の同人にはなってはいるが、最も『まるめら』に寄稿した三井田は、『まるめら』の住所録には書かれていない。どういうことなのかは不明ではあるが、凍土社内部でも対立があった。また、短歌だけではなく、音楽などの他分野についても、第二期凍土社の同人は関係をもっており、短歌グループが大きな地域文化運動を展開していた。本章では、柏崎の他の文化グループと凍土社との関係、凍土社の内部について、その点を触れた。

第五章では、大熊が『まるめら』の活動から離れ、言論活動に力を注ぐ時期について述べた。大熊にとって、短歌活動も広義の文化活動であり、言論活動であったが、大熊自身が、太平洋戦争の戦局の悪化とともに、戦時体制に協力せざるをえなくなる。大熊は、大日本言論報国会の理事であったが、内部の権力闘争に巻き込まれ、評議員であった西谷弥兵衛に批判を受けた。また、同時期には、『まるめら』が休刊においこまれたが、大熊自身は言論活動をやめず、「国家科学」・「生活科学」の成立を学問として押しすすめていった。しかし、大熊は、大日本言論報国会の「米英撃滅思想戦大講演会」などでは講演をしていない。

第六章では、『まるめら』の終焉から、『越後タイムス』の休刊に追い込まれていく様子と、戦後の土田と凍土社の中心メンバーであった神林の図書館運動を述べた。大熊に影響を受けた土田と、凍土社・『まるめら』の同人であった神林が、戦後直後に、柏崎市立図書館が運営に困難を抱えている中、本を寄贈した。この寄贈は、かなりの冊数にのぼり、神林が亡くなるまで続けられた。また、土田が戦後直後に校長をした柏崎専門学校の後身の新潟短期大学（現・新潟産業大学）の図書館に、約六〇〇〇冊の書籍を寄贈した。その中には、文学・歴史・経済など、多岐に亘る書籍があり、大熊の著作も一部入っていた。『まるめら』に関係する著作も入っており、地域社会において一つの功績を残した。土田が柏崎商業学校の教諭となり、凍土社を作らなければ、このような事は起こらなかっただろうし、図書館の蔵書が少ないままであったと考えられる。

本書は、大熊の主宰した『まるめら』の同人の一部であった柏崎の凍土社との関係を事例として取り上げ、その上で大熊の思想が当時の青年達にいかに影響を与えたのかを深く追究するものである。また、地域社会において、短歌運動が、音楽などの分野にも関わりを持ち、最終的に図書館・地域の文化運動にむすびついた。「柏崎」という街の文化の特質かもしれないが、それでも柏崎で、『まるめら』に影響を受けた人物が一人でも存在していなければ、このような「運動」が起きなかったと考えられる。

これまでの大熊研究では提起されなかった土田・凍土社について明らかにすることによって、新しい豊かな大熊像を提示することを目的としている。

＊1　大熊信行（明治二六年—昭和五二年）経済学者、評論家、歌人。中学時代から三行詩に親しみ、後に土岐哀果（善麿）の「生活と芸術」に参加。一時作家を志したこともあったが、大学では福田徳三の指導のもとに、カーライル、ラスキン、モリスを研究。経済学者としては『マルクスのロビンソン物語』で世に知られた。経済学上の業績は人間中心の経済学を構想した『生命再生産の理論』、『資源配分の理論』に集大成されている。また歌人としては口語歌をつくって昭和初期の新興短歌運動に加わり、米沢で『まるめら』を創刊、「無産派口語歌運動への一瞥」（第一巻第四号、昭和二年四月）を発表、プ

ロレタリア短歌運動に先駆的役割をつとめた。「大熊信行」『県人文庫目録――常設展示22人』山形県立図書館、平成九年、五七頁。

＊2　大熊信行「座談会の思ひ出」『志貴野』第二二号、高岡高等商業学校文芸部、昭和一四年二月、六〇頁。

＊3　同右、五九頁。

＊4　松本三之介「大熊信行における国家の問題――「国家科学」から「国家悪」まで」『思想』第八三七号、平成六年三月。

＊5　鶴見俊輔「第三節　翼賛運動の学問論――杉靖三郎・清水幾太郎・大熊信行」思想の科学研究会編『共同研究　転向』中巻、平凡社、昭和三五年。

＊6　今田剛士「戦中期大熊信行の秩序原理――国家総力配分と「人間」」『日本思想史学』第三八号、平成一八年。

＊7　田中秀臣「零度のエコノミー――大熊信行論」『上武大学商学部紀要』第一一巻第一号、平成一一年、など。

＊8　上久保敏「大熊信行の経済学」『大阪工業大学紀要 人文社会篇』第四四巻第二号、平成一二年二月。

＊9　池田元『日本国家科学の思想』論創社、平成二三年。

＊10　大熊信行「大日本言論報国会の異常性格――思想史の方法に関するノート」『文学』第二九巻第八号、岩波書店、昭和三六年八月。

＊11　「こうした問題の所在を戦後いち早く指摘し、執拗にそれと取りくんだ大熊信行の業績（『国家悪』昭和三十二年所収）はその意味で貴重である。しかし氏のような社会科学者においてさえ、共同体的な国家像のなかに機構（アパラート）としての国家がまったく埋没していたということは、また別にわれわれを考えさせる問題である」丸山眞男「忠誠と反逆」『近代日本思想史講座』第六巻、昭和三五年（『忠誠と反逆――転形期日本の精神的位相』筑摩書房、平成四年所収、一〇八頁）。これに対し、大熊は次のようなコメントを遺している。「丸山真男氏は、その「忠誠と反逆」（『近代日本思想史講座』第6巻、一九六〇年）のなかで、わたしの忠誠論を評価したが、つけ加えて、「しかし（大熊）氏のような社会科学者においてさえ共同体的な国家像のなかに機構（アパラート）としての国家がまったく埋没していたということは、また別にわれわれを考えさせる問題である」（傍点も原文のまま）といっている。文意を十分具体的に理解することは必ずしも容易でないけれども、これを戦争期のわたし一個にたいする批判として受けとるべきだとすれば、この小稿は自然に、丸山氏にたいする多少の回答の意味をおびていることになるかもしれない。しかし、わたしの戦時活動の本質は、自著の復刻によって明らかにする日があるだろうと思う」前掲、大熊「大日本言論報国会の異常性格――思想史の方法に関するノート」一二頁注一七。

＊12　「O君はよくものの分った人ですが、たとえば大熊信行氏の『国家悪』などに示された、国家への忠誠問題を通して、大熊氏を過大評価しているのを見ると、戦時中の大熊氏を現に知っている私などからは、やはり異和感を覚えずにはいられません。」丸山眞男『丸山眞男書簡集』第三巻、みすず書房、平成一六年、一九五頁。

第一章　高岡高等商業学校時代の大熊信行

――歌誌『まるめら』における在地的展開を中心として

一　問題の所在

経済学者・歌人、大熊信行は多彩な仕事をした人物として知られている。戦前・戦後を通じて、その膨大な論文の量は大熊の仕事量の大きさともいえるだろうし、問題意識の広さなのかもしれない。

大熊が最も精力的に仕事をしたと考えられる高岡高等商業学校教授の時代（昭和二年〜昭和一七年）は、大熊の生涯にとって最も苛烈で充実した時期であったと思われる。特に大熊の短歌革新運動と和歌運動の時期は、大熊自身が「歴史的に最も意味のゆたかな部分であるといふをはゞからない」[*1]と指摘しており、その点においても大熊信行研究にとって重要である。なお、大熊自身は、高岡での活動について、「わたしの新しい歌風は高岡地方ではほとんど影響力をもたなかった」[*2]としているが、高岡に自分の歌風を根づかせようとした事実については言及していない。

これまでの大熊研究には、大熊の歌作・歌論についての考察は存在した。[*3]しかし、大熊の文語定型歌に関して、評価している研究者も大熊の短歌革新運動・和歌運動の「運動」の側面にまでは立ち入っていない。近年の大熊研究においても、池田元は、『まるめら』の歌人を通じて、「民衆歌人たちのこうした「生活をつかんだ」、それゆえ「自分をつかんだ」歌の世界とつながることによってエネルギーを得、大熊は文学者としての和歌革新運動など尖鋭な仕事ができ成功したのではないかと思われます[*4]」と指摘している。しかし、この運動の考察は、大熊の歌と特定の歌誌『まるめら』の歌人に留まっており、主要な『まるめら』の同人以外の民衆への接近について考察されていない。つまり、大熊自身が、最もゆたかな作品が生まれた時代と評価している時期を、これまでの大熊研究では考察されていないのである。

本章では、大熊が留学から帰ってきた昭和六年一〇月一五日以降、大熊が短歌欄の選者を勤めた『高岡新聞』・『富山新報』を考察し、同時期に大熊の影響を受けた柏崎の凍土社についても触れたい。『まるめら』は、同人が個々に短歌を投稿して大熊が取りまとめる、いわば大熊を媒介として存在していた雑誌であったのに対して、凍土社の同人は集団として参加しており、『まるめら』の中では特異な存在であった。大熊の小樽高等商業学校時代の教え子であった土田秀雄（北里徹）が、勤務校である柏崎商業学校の課外活動として出発し、その短歌が、柏崎の地方紙である『越後タイムス』に掲載された。つまり、『まるめら』とは別の出発をしながら、『まるめら』との接点を強く持つという二重性をもっていたと指摘できる。本章では、大熊が展開した短歌革新運動（口語短歌運動）を、高岡と凍土社といった『まるめら』に関係した在地を中心として考察する。

二　大熊信行と高岡——解体と再編

多彩な思想家大熊信行を論じる為には、彼の思想的前提が必要である。言い換えれば、大熊という思想家がどういう思想的な特徴をもっていたかという研究である。ところで、大熊の思想的な特徴について端的に述べている指摘がある。

大熊は『経済本質論』など学術的主著においても時代に対峙する〝実弾〟とするため、版を重ねるごとに「序」を改め、内容に手を加えて、その「解体と再編」まで企てている。大熊のわかりにくさは、こうした主著の「不動性の無さ」において、象徴的に表れている。[*5]

池田元は、大熊が「学術的主著」においても書きかえていると指摘している。なお大熊は、学術的主著だけではなく、短歌の中でも、書き換えを行っている。例えば、次の「なぐさめ」という一首がある。

戒厳司令部　二十九日　午前八時　五十五分発表の　兵に告ぐ　とある　戒告を　よみま

した　戒厳司令官の　署名のある　とてもやさしい　文章です　このうへ　あくまで　抵抗したら　それこそ　勅命に抗する　逆賊と　ならなければならない　いまからでも　決しておそくはないから　たゞちに　抵抗をやめ　軍旗のもとに　復帰せよ　さうしたら　いままでの罪もゆるされよう　おまへたちの　父兄は　もちろんのこと　国民全体が　心から　それをいのつてゐる　はよう　はよう　現在の位置をすてて　かへってこい　とさうありました　なんてまあ　やさしいことばか　よんだひとは　たいていなみだぐむといひますが　しかし　しかし　いまからでも　おそくはないなんて　香椎中将の　なぐさめのことばが　わたしには　さびしくて　かなひません。[*6]

この歌は、昭和一一年の二・二六事件を詠んだ歌であるが、戦後に刊行された『母の手――大熊信行全歌集』では書き換えられている。最後の「わたしには　さびしくて　かなひません」という箇所が、「わたしには　どうにも　かなひません」となっている。[*7] この箇所の書き換えだけを見るとそれほどの変化ではないように見えるが、この歌の「さびしくて」という言葉の使い方に変化があったと考えられる。例えば、この歌の二カ月前の「一月一日」という歌がある。

元日の　ホテルの　あかるい室（へや）　たのしくもない　さびしくもない　こゝろ動かない。[*8]

「さびしくもない」という言葉は、心が動く言葉として使っているのであり、二・二六事件には「さびしくて」という言葉を使って事件について表現しているのである。この「なぐさめ」以降に新たな歌を『まるめら』に寄稿していないことも、この歌の重要性を指摘できるであろう。[*9]また、二・二六事件の次の月の『まるめら』において、「和歌」の欄ではなく、「たより」の欄にこの一首を掲載しているのも、この歌のもつ重要性を指摘できる。

当時この「なぐさめ」の反響について指摘をすれば、『短歌年鑑』第一輯（改造社版　昭和一三年）における「自選歌」の項目の中で、この「なぐさめ」だけが削除されている。[*10]なお、『まるめら』の二・二六事件の歌の全てが掲載されているわけではない。[*11]つまり、『短歌年鑑』の選者は、当時の時代にそぐわない歌、危うい歌という事で、排除しているのではないかと考えられる。

このように、大熊を注意深く考察していくと、大熊という人物が、敏感にまた繊細に時代と対峙していたのが理解できる。また、高岡高等商業学校の時代について、「わが高岡の思い出」という小論の中で、次のとおり述べている。

昭和二年の四月であった。――高岡と聞いても、どこの地名であるのか知らなかったほど無縁の土地に、私はポツンと赴任した。それから昭和十七年の、たしか六月まで、そこに住んだわけである。文部省の在外研究員として、欧米に遊んだ歳月をのぞくと、わたしの壮年期の、学究としての業績は、『マルクスのロビンソン物語』をはじめとして、ほとんどこの土地の生活とむすびついている。[*12]

大熊の高岡時代は、単著だけでも、『文学と経済学』・『マルクスのロビンソン物語』・『文学のための経済学』・『経済本質論――配分と均衡』・『文芸の日本的形態』・『政治経済学の問題』・『経済本質論――配分原理第一巻』・『国家科学への道』を出版している。また大熊は、次の回想をしている。

歌誌『まるめら』は金沢で印刷し、編集も発送もわたしが高岡でやっていたわけだが、この歌誌はもともと米沢に生まれたものである。やがで同人は全国各地に分散している形となるが、この歌誌と高岡地方の人びとが、格別にむすびつくということは、最後までなかった。高岡高商生のなかから参入した、かぶとあつひら、うめざわひでしのほかに、女流詩人方等みゆきが加わったのは、例外中の例外である。[*13]

これは、『まるめら』の編集も発送も高岡でずっと大熊一人でやっていたということを述べているのであるが、実際とは違っている。[*14] また、大熊が「例外中の例外」という高岡高商の学生においても、何人も記述漏れがある。[*15] この続きに次の和歌を引用している。

ストーブばかり　やみにあかあかとして　ぱっと消えた電燈　やむなく手さぐりで　研究室のドアを　しめて出たが　ああ　あたまは仕事なかば　とのもは　たわわの枝をすべり　並木のこずえから　音なくすべる雪げむり　ひびきもない　くらやみの　おほ雪の夜のふかさ　しづかさ　わけわからず心つよまり　ふか雪の　みちもへちまも　めくらめつぽう　雪をおよいで　あたまは仕事に　なほ燃えたっている＊16

この歌は、元々は、「かへりみち」という名前の歌であった。しかし、「仕事なかば」という名前で、昭和一二年に書き直されている。元となっている「かへりみち」は次の通りである。

ストーヴは　やみにあかあか　もえながら　きえた電燈　あきらめて　研究室のドアをしめてでたが　あゝ　しごとなかば　たわわのえだをすべり　なみきのこずゑから　すべりおちてくるゆきげむり　ひびきもなく　おともない　おほゆきの　しづかさ　わけわからず　こころつよまり　ふかゆきのふりつもるなか　くらやみをあるいてあるいて　つかれもしらず　もう夢中になつてゐる。＊17

これを見ると、大熊は「主著」以外も書き換えていることがわかる。勿論、大熊の思想が変化していることとの現れであるが、これが大熊の思想的な特徴であると考えていくと、いかに研究することが困難な思想家なのかがよくわかる。戦後の著作の中で、大熊自身は、自分の短歌の歴史を次のように回想している。

大正三年秋、姉要の突然の死を契機として、哲学的・思索的傾向に転じ、短歌的表現に絶望、翌春におよんで歌壇と断つ。大正十四年茅ヶ崎南湖院に入院中、療友にさそはれて十年前の歌作にもどり、矢代東村のすすめによつて「日光」同人となる。当時の連作に「五月一日」などがあつた。

郷里米沢の歌人たちが創刊した歌誌「まるめら」（昭和二年一月）を援助した機縁から、まもなくその主宰者となり、いはゆるアララギズム批判の風潮を中央歌壇に捲きおこす。健康回復とともに再び短歌的表現に絶望。しかし遇然に生れた非定型の一連が端緒となつて、和歌の伝統をふまえた非定型の歌作を志すにいたり、ベルリンで相知つた佐野一彦と帰国後は昭和の和歌運動を提唱。日華事変中、官憲の嫌疑をうけて関係者が全国的に取調べをうけた事実などもあり、昭和十六年同誌を休刊。主なる同人遠藤友介、青木三二、佐々木妙二、宮田あき子、浦野敬、廣田美須々、中條隆史、梅澤秀司、かぶとあつひら、島貫廣吉、遠藤久三郎などの歌集十二冊を刊行。三二、久三郎、廣吉は病没した。（大熊信行記*18）

大熊自身の回想の中で、「二度の絶望」というのも前述の「再生と解体」とも言えるし、「非定形」の歌作を志して絶望から希望＝「再生」を体験していることがわかる。つまり、絶望をしてから復帰してくる大熊の精神の変化があると見受けられる。大熊は、短歌における時代区分を次のように指摘している。

もし信行歌集を完全に編纂しようとすれば、まず第一期は中学時代および啄木調時代、第二期は『生活と芸術』時代（一九一三―一九一五）、第三期は『日光』および初期『まるめら』時代（一九二四―一九二七）、第四期は短歌革新運動―まるめら形態変革―時代（一九二八―一九三二）、第五期は和歌運動―まるめら長歌併作―時代（一九三三―）の五期にこれをわけなければならないであらうが[*19]

この大熊自身の区分の指摘と著作の区分からすれば、第一期は『朱欒（ざんぼあ）』・『精神修養』・『一橋会雑誌』・『音楽』・『層雲』となり、第二期は『生活と芸術』、第三期『日光』、第四・第五期は『まるめら』ということになる。また、後年の「絶望」ということから考えてみると、第二期に一度「絶望」し、第三期にも「絶望」しているということである。大熊は、「再生」と「解体」を繰り返し、文章を書き換えながら、思想を変化させているといえるだろう。

三　『高岡新聞』と『富山新報』

大熊信行は、昭和六年十月十五日に海外留学を終えて高岡高等商業学校に帰任した。そして『まるめら』で、原稿から無用の漢語と漢字を排斥するという次年度の編集方針を述べた。[*20] それと同じ時期に、大熊は地元『高岡新聞』において選者を引き受けている。[*21] 「本紙歌壇の新選者大熊信行氏の言葉」（資料1）という題で、次のように述べている。


私は今度本紙歌壇の選者たることをお引き受けいたしました。これは真面目に考へると、なまやさしいことではないどれだけ役目を果せるか覚束なく思はれます。

茲で選者としての注文は細々申述べませんがいづれ諸君の作品を拝見した上で何か申すときが御座いませう。

旧定型による口語の歌も定型をくづした口語の歌もまた文語の歌もいづれも取ります。

併し一首の音数が短歌的定量からひどくかけはなれてゐる場合には取りません。出詠者はこの事だけ御承知おき下さい。[*22]

本紙歌壇の新選者
大熊信行氏の言葉

本紙歌壇の選者として新にわが國短歌界の巨人大熊信行氏を迎へ、年來沈滞せる地方歌壇に清新の運動を齎さんとする企圖は、ひとり短歌壇に限らず地方文藝界に異常なるセンセイションを起してゐる。大熊氏は茲にその大きな歩みを踏出さるゝに當り、左のお言葉を寄せられました。

私は今度本紙歌壇の選者たることをお引き受けいたしました。これは眞面目に考へると、なまやさしいことではないどれだけ役目が果せるか覺束なく思はれます。並で選者としての注文は細々申述べませんがいづれ諸君の作品を拝見した上で何か申すときが御座いませう。舊定型による口語の歌も定型をくづした口語の歌もまた文語の歌もいづれも取ります。併し一首の音數が短歌的定量からひどくかけはなれてゐる場合には取りません。出詠者はこの事だけ御承知おき下さい。（寫眞は大熊氏）

短歌募集

葉書に字体明瞭に記し
本社文藝部宛

資料１　『高岡新聞』昭和六年一一月五日、朝刊、三面。

さすがに大熊も、自分の歌論の理論を押し付けることはしなかったが、コメントを述べる事や、短歌的定量からひどくかけ離れたものは掲載しないと宣言している。この記事に前後して、高岡歌人連盟と高岡新聞社主催で、大熊の歓迎歌会が開かれていることも分かる。[*23] そして、その歌の模様も『高岡新聞』の記事になっている。「大熊信行氏の帰朝歓迎歌会」という記事である。

本社並に高岡歌人協会主催大熊信行氏帰朝歓迎歌会は二二日午後七時半より市内片原町宝亭に於いて開会喜多（紅平）古谷、大坪、濱手作田、増山、米田、竹林、杉本、新村、藤本、麻生、大村、野村、越田、佐野、林、方等、喜多（福子）、本田、藤本（祝電）、興林、田島外本社側二名計二十四名出席主催者の挨拶の後各自持寄りの互選に入り左の如く高点次点の決定を見たが大熊氏の定量性の説明或ひは欧米に於ける述懐に時の過ぐるを忘れ十時記念撮影を行つて一先づ

新定型の大熊信行先生

本社短歌の選を受諾さる

選者の言葉

短歌の選をおひきうけしたについて一言出詠者へおたのみがあります。どうかむづかしい漢字をつかはないで下さい。できるだけ仮名もじをつかふやうにこゝろがけて下さい。作品は口語でも文語でもかまひません。そのほかのことは、お作を拝見してからおひおひ申しあげますが、添削のうへ発表できるとおもはれるものは、選者が添削いたします。このことも御承知ねがひます。以上

あすの短歌の一大指針新定型派の巨星大熊信行先生には、さきにこれからのわが社の短歌の選をひきうけられたについては投稿者諸子は既成短歌をへいけいし、断然斯界に一異彩を放ちつゝ、あすの確固たる短歌を築き上げられんことを新春を期してやまない、さきにこの新投稿規定を必ず守つてふるつて投稿されたい

新投稿規定

▲短歌にかんして
用紙は官製ハガキ一枚に五首以内を住所氏名は作品と同じ面に必ず明記して下さい。投稿先は本社文芸部宛として〆切日を仮に毎土曜日とします

▲俳句の投稿は
東京市外大崎町谷山二二二 吉田 冬葉 宛
（註）富山新報句稿と朱書の事

▲詩の投稿は 文芸部 宛

△大衆読物・大衆小説・随筆は一行十五字詰行数百内外に加減されたい

新春文藝○○○○
短歌
俳句
詩
大衆読物
[illegible]篇小説
随筆

資料２　『富山新報』昭和七年一月七日夕刊、三面

閉会終つて別室に於いて大熊氏の健康を祝する簡単な会を持ち余談容易に尽きざるも時既に十二時を過ぎて散会したが非常に盛況であつた。[*24]

この歓迎歌会に出席している歌人達の中には、『まるめら』の同人も数人いたが、そのほとんどが別の短歌の組織にも属している。この会では、大熊が定量性の説明や海外留学の話などをしていたことがわかる。午後七時半から始まって深夜まで話し込むというのは、非常な盛り上がりだったといってよい。この二カ月後に『富山新報』という別の新聞社でも、大熊は選者を引き受けており、『高岡新聞』と同じく、帰朝歓迎短歌会が開催されている。[*25] このように、大熊は積極的に自分の歌論をアピールしていることがわかる。勿論、『まるめら』・『短歌月刊』において歌論を展開しているが、高岡という在地において、自分の歌論の説明をしているのは特に印象深い。また大熊は、『高岡新聞』において、自ら発言したとおり、コメントを寄せて

いる。「選者いはく『この作風で押し通して下さい[26]』」、「選者いはく『姓名を書かれたし。最後の一首の冒頭よろし[27]』」、「選者いはく『口語の方へお進みなさい[28]』」、「選者いはく『作家にすでに習熟あり、今日よりこの境地を一歩いづる意志なきや[29]』」などである。小さな短歌欄であるにも拘らず、大熊は細心の注意をはらいながら、投稿者と対峙していることがわかる。また、正月の短歌欄では、「選後ひどくつかれました。そのわけは、歌のかずが非常に多かつたこと。ふたつには、作品の種類が雑多であつたことです[30]」と述べている。

このように大熊自身は、日頃の高岡高等商業学校での教育活動・研究活動以外に、『まるめら』・『短歌月刊』などに論文を書いており、大変多忙であるにもかかわらず、選者として送られてきた短歌に目を通していたことがわかる。なお『富山新報』では、次のような案内を出している（資料2）。

短歌の選をおひきうけしたについて一言出詠者へおたのみがあります。どうかむづかしい漢字をつかはないで下さい。できるだけ仮名もじをつかふやうにこゝろがけて下さい。作品は口語でも文語でもかまひません。[31]

『富山新報』で大熊は、口語でも文語でも構わないが、仮名文字を使うように求めていることがわかる。その後『富山新報』では、次のように思い切った言葉を使っている。

勅題の歌をよせられた人の多いのに、おどろきました、また、短歌とはいひながら、作者の感動にもとづかないところの固定した観念を表現した作品の多いのに、おどろきました、それでも、出詠者は、それをつくることを楽んでをられるのだとおもひますから、なるべくすてずに、発表するやうにいたしました、わたくし一箇の意見を無視して、できるだけ多く採りました、〔中略〕感心した歌は、ほとんどありませんでした。作者としては、たゞひとり茅野利一君〔富山市〕を注目すべきだとおもひました。[*32]

「作者の感動にもとづかないところの固定した観念」というのはいかにも大熊らしい評言である。では、大熊はどのような歌を評価したのであろうか。次の指摘がある。

定型文語歌〔いろいろの形態が成立したために、さういふ用語で、旧短歌をよばねばならなくなつた〕のなかから、比較的健実なものをえらみ、『入賞』としておいた。作品が健実なのは、生活が健実だからである。農民の生活をうたつたものが第一、第二、第三席を占めたのは、偶然でない。[*33]

つまり大熊は、この『富山新報』の記事でわかるように、作品が堅実なのは、生活が堅実だからとして、農民の歌を評価しているのである。大熊自身の略歴には農業をしたという記述はないが、大熊のまなざしの先には、作品の技術的な問題以上に、生活の堅実さを評価する視点がある。

四　凍土社との接点

新潟県柏崎市の地方紙である『越後タイムス』に、昭和三年から凍土社という短歌グループが現れた。紙面に短歌を掲載し、越後タイムス社から『凍土社歌集　昭和三年度版』[*34]、を発行した。この『凍土社歌集』の同人に、『まるめら』に多数の歌作を掲載した三井田一意（みいだかづい）[*35]という人物がいる。三井田は、柏崎商業学校の出身者として、教諭であり凍土社の生みの親であった土田秀雄（北里徹）以外の同人の中で、『まるめら』に歌論を掲載した唯一の人物である。[*36]歌論「この後の使命——短歌形態に関する一試論」（資料3）の中で、三井田は、次のように述べている。

> 大熊信行氏の短歌的定量の発見は一見散文詩に移行したかの如く見ゆるプロレタリア短歌の現状に対して新しく見直すべき見地を提供するものである。[*37]

この歌論は、大熊を評価しているものであり、大熊の「短歌の定量性に関する私見について」

MARMEL

1

まるめら

定價　一部十錢

この後の使命
——短歌形態に關する一試論——

三井田一意

1

思索する者と行動するものと、此の兩者は解放運動の各分野に於て時に前後しながらも、その位置におかれその使命を果して來た。階級戰の進展は今や勞働者自身の登場を告げてゐる。學者としてのみの思索家は灰色の書齋の奥深く引き籠るか、さもなくしこ、行動に纏る行動者の力强い聲脅に思索の新しき展開を感得するものは、もろ共に綠の世界へと飛躍せなければならない。

階級藝術の分野に於ても行動者の活動は漸く重要性を示して來てゐる。演劇に於て、映畫に於て、音樂に於て、商品生產の埒外に遜した眞の階級藝術が行動者の手によつて建設されんとしてゐる。文學に於てはどうであつたか。更に短歌文學に於てはどうであるか。文學全般に關しては玆に語る余裕を持たない。短歌文學に關してはプロレタリア歌人同盟の現狀と、先頃之に對して試みられた大熊信行氏の批判、及び之に對する同盟員の反批判が、刻下の客觀的情勢を示す良き對照を提供する。ナップの一翼として活動する爲に分つてプロレ歌人同盟が踏み出した第一歩、短歌の大衆化、アジプロ短歌の確立は、遂ひに短詩への解消と云ふ思ひもよらぬ道に辿り着いてしまつた。ビラ、ポスターによるプロ短歌の持込みが性急にも短歌を抹消してしまつたのである。然し玆には短詩が示されてあると同盟員は云ふであらう。行動者は最早や短歌の假面を被る必要を認めなくなつたと云ふのでもあらうか。

2

短歌と云ふ文學形態も勿論藝術の一翼として、社會生活との均衡を得て始めてその存在を贏ちうる。藝術に於ける纖微の背後には常なる經濟生活の動きがある。我々のすべての活動は客觀的な社會生活に基礎を置いて質的に延長してゐる。この活動の斷えざる發展はそれ自身の相對性に基く。この相對性現象の極數的活動比によつて我々は時の流れを意識し得る。藝術は、その常なる時の運轍の一點に於ける生活感情の內面律の技術的表現である。

藝術感情はその對象の相對性、時間性の深化であり、藝術の表現形態はこの歷史の範疇に於て構成される。

短歌も藝術一般と等しくその背後に横たはる社會生活によつて相對的時間的の制約を受ける。短歌が定型を止揚して如何に新なる表現形態を構成し得るかは我々の社會生活の歷史性を把握せずしては認識し得ない

まるめら　第五卷　第七號　第五十五號　昭和六年七月一日發行

資料3　三井田一意「この後の使命——短歌形態に関する一試論」『まるめら』第五巻第七号、昭和六年七月、一頁。

『まるめら』（第五巻第五号）か「短歌的定量[38]の発見——形態変革の指標」『短歌月刊』（第三巻第五号）を読んでいなければ書けない文章である。よって三井田は、どちらかの文章を読んでいることがわかる。この昭和六年には、三井田の恩師であった土田が柏崎商業学校から直江津農商学校に転任しており、凍土社も一時休会状態になっていたように思われる。その休会状態の時期に、三井田は『まるめら』に文章を投稿したのである。

凍土社の短歌活動の時代区分は、第一期（昭和二—六年）と第二期（昭和七—一一年）と分けられる。この時代区分は、凍土社同人神林榮一の指摘[39]と土田秀雄の『歌集　氷原』の指摘を参考にした。土田は本書の中で、「凍土集—昭和三年より同六年」、「潮騒集—昭和七年より同一七年—」という区分をしている。[40]

しかし、三井田の歌論を読んでいくと、既に凍土社・第二期の理論的な枠組みはできており、実際に動

いたのは昭和七年であったが、昭和六年には準備が開始されていたと思われる。何より、『まるめら』に寄稿された「三井田一意」という名前の表記が、昭和八年の寄稿から「みゐだ　かづい」で統一されたことが指摘できる。『まるめら』での表記が、名前までもひら仮名で書かれるようになった。他にも、高岡高等商業学校の卒業生であり『まるめら』同人の梅沢秀司は、『まるめら』（第七巻第一〇号）から「むめざは　ひでし」とひら仮名にしている。三井田も昭和八年からであるから、極めて『まるめら』に熱をあげていた同人は、そのような表記にしたのだと考えられる。ただ、同じ凍土社の同人で柏崎商業学校の同級生であった野澤民治や神林榮一は、名前は漢字表記のままである。

凍土社の生みの親であった土田は、昭和六年三月までは、柏崎商業学校にいたので、三井田のこの歌論には直接関係していないのかもしれないが、土田の書いた『まるめら』の歌論を読んでいくと、不思議なことに新定型については、次のように触れられている。

格調研究の重要は、新しき定型発見の為である。作歌の場合我等が安んじて言葉を練り想ひを託すべき確固たる定型樹立の為である。斯くして発見さるべき定型は唯一個であるとは云はぬ。寧ろ従来の我等の発見が示せる如く数個の定型である。音律的均衡に就て云へば、種々なる均衡型の発見である。我等は数首の、字余り、音不足の短歌をとりあげてその音律的均衡を指摘し、曽つては三十一音定型に対して、例外を見られた之らの韻律が、今では既に第二第三の原則となつてゐることを示した。実に例外の原則化、個別的格調の一般化、偶発的新技法の意識的習熟、技術の客観的理論化、―この方向に於てのみ新定型の樹立は可能なのである。[*41]

三一音定型の例外というのが、土田の新定型の樹立に必要なのだと指摘している。だが、「定量性」についてはー切ふれられてはいない。「定量」という言葉すら使われていない。土田は、『まるめら』の第四巻第六号を最後に歌作も歌論も掲載していない。このように考えていくと、大熊から留学中の『まるめら』の編集を託されていた土田は、昭和六年一二月頃から同人との路線対立があったのではないかという見方もできる。しかし、厳密にいえば、昭和六年の三井田の歌論により、凍土社内部が変化していったと考えるのが自然なのかもしれない。勿論、土田が柏崎から離れたという事も大きいが、土田自身が、その後の『まるめら』とは異なる従来の「文語定型歌」に戻っていったという意味において、完全に思想的に凍土社、少なくとも三井田が評価した短歌の定量性からズレが生じたといえるだろう。

大熊が帰国したことにより、『まるめら』自体が変化した。紙面に長歌が増えたことや、ひら仮名で書く歌が増えた事も挙げられる。

大熊の「短歌論争の超理論的根拠」には、次の記述がある。

問題は、作品の長さそのものではない。短歌よりは歌壇といふ一社会によつて作者が生きるか生きぬかである。それが心配で、ひとびとは争つてゐるにすぎない。長い長い歌をつくつても、あくまでそれでおしとほせば、歌壇のたがはそれだけゆるむわけだが、定型がくづれるときは、実は歌壇そのものもくづれる時なのである。[*42]

昭和七年当時の大熊の短歌活動は、繰り返しになるが、定型を崩すことであり、定量性を発見したことにある。この『まるめら』の短歌活動の変化で、凍土社の第一期の中心メンバーであった土田が、第二期には歌を出詠しなかったと考えられる。つまり、凍土社の第一期は土田―凍土社であったものが、第二期では大熊―三井田―凍土社ということになったといえる。

凍土社の第二期は、大熊の型態変革・新定型の影響が色濃くなったと考えられる。『凍土社歌集』では、短歌は定型であった。しかし、凍土社の第二期になっていくと、「凍土社短歌作品(上)」には、原英雄・三井田一意の短歌が掲載されているが、その短歌は長歌であり、歌のほとんどが仮名である。[*43]そして、「凍土社短歌作品(下)」には、「復活第一回作品」という記述と「期日　毎月七日、十七日の午後七時より　場所　本町四丁目西巻喫茶店日本間　趣旨　短歌研究外芸術一般に関する談話会　次会　十二月七日午後七時より同所にて開催、短歌作品もちより、御出席歓迎[*44]」という案内まで掲載されている。毎月二回、凍土社の会合が開催されていたことになる。また、第一期は、柏崎商業学校と土田の自宅で開催されたのが、第二期では、柏崎の中心街の西巻喫茶店で会合が行われていたことがわかる。このように、同じ「凍土社」という名称ではあるが、第一期と第二期では、短歌の内容も「和歌」になっていた。

『まるめら』の影響は、『越後タイムス』の紙面にもでている。『まるめら』の短歌の発表欄は「作品新集」という名称であったが、昭和七年一二月一一日では「凍土社作品新集」という名称になっている。『越後タイムス』ではこの一回限りの名称ではあったが、『まるめら』は第六巻第一〇号から、「作品新集」が「和歌」という名称に変更されており、『柏崎青年団報』の凍土社同人の短歌欄の名称も、「和歌凍土集」となっている。同じ時期に、柏崎の短歌グループであった「大地」が、『柏崎青年団報』では「大地短歌集」となっていることから、少なくとも柏崎青年団では、「凍土社」は和歌を作っており、「大地」は短歌を作っているという区別があったといえる。

このように、「凍土社」は柏崎においても独自路線を展開しており、旧来の定型を守る「柏崎歌会」、「大地」、「水音短歌会」などからは、異端視されていたようである。

五　柏崎講演会

大熊信行は昭和一一年七月一一日に柏崎に来訪した。『まるめら』の「たより」によれば、次のように指摘されている。

信行　七月十一日に柏崎をおとづれ、神林榮一その他の同人に初めて会った。同夜一泊、そのときの会合のことは神林が次号に書く筈。▽土田秀雄（旧同人）直江津からきて、信行とともに柏崎に一泊した。[*45]

大熊が柏崎で凍土社の同人と会合を開き、土田も参加していたことがわかる。また、土田が『まるめら』の同人を既に辞めていたという事も確認できる。前号の『まるめら』に、「信行　七月十一日柏崎に同人をたづね、中旬上京して東京同人会に加はる」[*46]という記述もあることから、柏崎に七月一一日に行くことは決まっていたものと考えられる。

『まるめら』の「たより」での予告のとおり、神林は翌号の『まるめら』の「凍土社だより」に、「大熊さんの顔」・「野澤民治のこと」・「長谷川浩司さんのうた」の三つの事柄について書いている。[*47]この記事の「大熊さんの顔」で、柏崎には、凍土社との会合とは別に、講演会をしたことがわかる。

『越後タイムス』の「季節の感覚　耳」というコーナーの中にも、次の指摘がある。

昨十一日夜柏崎町役場楼上に高岡高等商業学校の巡回講演会が開催され、まるめらの大熊信行氏も出演した筈。[*48]

また『柏崎日報』には、演題及び講演者の名前も書かれている。

一、未定　教授　大熊信行
一、経済統制について　同　長尾義三
一、実物経済と貨幣経済　同　城寶正治
一、人口過剰の価値　学生　久保誼照
一、交通発展の影響と反省　同　高畑弘之
一、農村政策の欠陥　同　浪岡徳三郎
一、統制経済の進展に伴ふ人造羊毛の位置について　同　田村實
一、相続問題の考へ方の変遷　同　梅田順三[*49]

大熊を含めて三人の教授と五人の学生が講演者であったことがわかる。『新潟新聞』においては次の記述がある。

高岡高等商業学校教授学生の巡回講演会は十二日午後七時より長岡市表町小学校において開かれたが聴衆多く殺到し左の如く熱烈なる講演あつて聴者をして感に入らしめ十時すぎ

に閉会をつげたが盛会を呈した

一、経済統制について　教授　長尾　義三

一、実物経済と貨幣経済　教授　城野（ママ）　正治

一、人口過剰の価値　学生　久保　誼照

一、交通発展の影響と反省　学生　高畑　弘之

一、農村政策の欠陥　学生　浪岡徳三郎

一、統制経済の進展に伴ふ人造羊毛の位置について　学生　田村　實

一、相続問題の考へ方の変遷　学生　梅田　順三[*50]

『柏崎日報』と『新潟新聞』の記事を比較すると、一二日の長岡では大熊が講演者に入っていないことが確認できる。また、『新潟新聞』を見ると、一四日に新潟市でも、長岡市と同じ演題・講演者で講演会を催されていたことがわかる。[*51] よって、柏崎（一一日）、長岡（一二日）、新潟（一四日）で「巡回講演会」が開催されていたことになるが、新聞記事を確認した結果、柏崎で講演をした大熊は、長岡市・新潟市では講演をしていないことがわかる。また、大熊が部長をしていた高岡高等商業学校文芸部の雑誌である『志貴野』によれば、次の詳しい指摘がある。

七月十一日午後七時半より

柏崎町　役場楼上
聴衆　約百八十名
出演者　大熊先生、城寳先生、先輩渡邊憲二氏、梅田順三、司会者高畑弘之〔中略〕
出演者演題次の如し。
一、経済統制について　部長　長尾先生
一、日本文化の反省　大熊先生
一、法律にも涙あり　土生先生（相川にて一選挙法改正に就て）
一、実物経済と貨幣経済　城寳先生
一、秘密準備金に就て　葛城仁一
一、経済統制の進展に伴ふ人造羊毛　田村　實
一、農村政策の欠陥　浪岡徳三郎
一、相続問題考へ方の変遷　梅田順三
一、交通発展の影響とその反省　高畑弘之*[52]

これによれば、大熊は「日本文化の反省」という題で講演をしているのがわかるが、昭和一一年六月の『まるめら』の「たより」によれば、「信行　六月八日名古屋を訪ひ『日本文化の反省』（今日の知識）をCK〔引用者注：NHK名古屋放送局〕から放送*[53]」という記述があることとか

ら、ラジオ番組で放送したことを話したようである。なお、先輩渡邊憲二氏というのは、高岡高等商業学校の卒業生であり、文芸部員であった。

これらは講演部の催しで、高岡市、高田市、柏崎市、長岡市、巻町、新潟市、最終的に佐渡の相川市で講演をする大掛かりなものであった。だが、大熊は柏崎以外では講演をしなかった。また、柏崎の講演の内容は、ラジオ放送と同じ内容が使われていた可能性が考えられる。大熊は、柏崎の同人達に会うために、『まるめら』紙上で柏崎に訪問することを事前に予告し、柏崎だけ講演・会合をして、『まるめら』の東京同人会の待つ東京に戻ったのであろう。つまり、『高岡新聞』・『富山新報』で行った帰朝歌会と同じように、自らの歌論を凍土社の同人達に話すことを重要視していたことがわかる。また、それ以外にも、凍土社の主導的な立場であった同人の野澤民治が亡くなったことも、大熊にしてみると柏崎に行く大きな理由としてあったことも考えられる。

この時期、三井田が次の歌を歌っている。

友（とも）にはなれ　師（し）にもそむいて　かたいぢの　このいきかた、ぼんやり　めのまへの　植物のはなに　ふれてゐる　ときが　ある。*54

この和歌の友とは誰か、師とは誰かは推測するしかないが、おそらく、友とは凍土社のメンバーであり、師とは土田のことではあるまいか。だとするならば、凍土社に大きな亀裂が入っているようにも見える。また、この和歌と同じ号の『まるめら』の「たより」によると、次の指摘がある。

柏崎の同人たちはわけて力をおとしてゐるが、凍土社の仕事を嶺田芳郎が復興するさうである。[*55]

こうして考えるとき、三井田が同じ号にこの歌を掲載したのは、嶺田芳郎（山田英一）と凍土社の運営方針を巡る対立があったのかもしれない。大熊はそのような時に柏崎を訪ね、自らの歌論を話したのであろう。柏崎の同人が、土田や大熊の来訪を喜ばぬはずもなく、講演会も約一八〇名の観衆の中で行われた。大熊にとってみれば、大熊と無縁の地であった柏崎の凍土社の同人と初めて会ったことは、恩師である土田より自分の理論を評価してくれる人物との接点であり、嬉しかったと考えられる。

六　おわりに

本章において、大熊信行は、留学後『高岡新聞』・『富山新報』の選者をし、富山県において歌論を浸透させようとした事実を述べた。また、同時期において、大熊とは全く接点のない土地であった新潟県柏崎町の凍土社の同人との交流も指摘した。

こうしてみていくと、大熊という人物は、常に考え続け、行動をしていたことがわかる。大熊の著作の中でよく使われる「生活」・「生活者」・「生活精神」という言葉は、この短歌活動の後によく見かけることができる。戦後の山形県の教育思想研究会などに参加したことを考えると、単に机上の人でないことはよくわかる。その上で、自らの書いた論文・短歌・随筆といったものを、その時代とともに書き換えていくことをしており、その意味では卓越した人物であるといえる。

しかし問題は、短歌革新運動・和歌運動は、彼の実践的な言動が論理と結合していくものであり、『まるめら』の同人の一人、例えば三井田一意のような人物を考察するにしても、資料が少なく難解である。『まるめら』がどのような影響を同人達に与えていたのかという事は今後の課題ではあるが、例えば大熊が短歌運動から経済学の研究に没頭していく中で、昭和一二年には凍土社も「開店休業状態」になり、凍土社の理論的指導者であったと考えられる三井田も、昭和一二年一一月には満鉄に採用されて満州に移住してしまうのである。凍土社の第二期は、大熊の留学後に熱が燃え上がり、大熊の熱が冷めていくのと同じ頃に活動を終えていくことになる。

その後、凍土社の精神的な試みは「柏崎ペンクラブ」に引き継がれ、その同人であった神林榮一・高橋源治は、柏崎の図書館運動や文化運動に貢献することとなった。その意味では、大熊の「生活」が歌うという和歌の表現方法は、歌論としては日本の短歌史には残らなかったかもしれないが、「運動」に参加した人々の「生活」を精神的に豊かにするだけでなく、大熊の思想に深みをもたらせていったと考えられる。

＊1　大熊信行「編輯言」『まるめら』第一一巻第一号　昭和一二年一月、二〇頁。

＊2　大熊信行「思い出の記——高岡・富山」『能登と北陸』主婦と生活社、昭和四三年、一五二頁。この小文は、「わが高岡の思い出」として富山大学経済学部越嶺会編・発行『富山大学経済学部五十年史』昭和五三年、と大熊信行『ある経済学者の死生観——大熊信行随想集』論創社、平成五年、に加筆修正されて転載されている。このような小さな文章の中でも大熊は自分の見せ方を変更している。

＊3　特に優れている著作として、中野嘉一『新短歌の歴史』昭森社、昭和四二年があげられる。また、同時代の大熊の考察として、大平櫟山「大熊信行歌集」『一橋新聞』昭和一二年五月一〇日、五面。

＊4　池田元「大熊信行の詩情と論理——日本国家論をめぐって」、前掲『日本国家科学の思想』一一九頁。

＊5　池田元は、「大熊を「時代の整理者」として規定し、自身の思想・学説の「解体と再編」を求め続けた、近代を裏返した「啓蒙」思想家というところにある」と指摘している。池田元「大熊信行の「国家共同体＝連帯」論と権力否定の論理」、前掲『日本国家科学の思想』二二五—二二六頁。

＊6　大熊信行「なぐさめ」『まるめら』第一〇巻第三号　昭和一一年三月、八頁。

＊7　大熊信行「なぐさめ」『母の手——大熊信行全歌集』短歌新聞社　昭和五四年、三六四頁。

＊8　大熊信行「一月一日」『まるめら』第一〇巻第一号　昭和一一年一月、六頁。

＊9　「そうしますと、「まるめら」一九三六年三月号の、二・二六事件を詠んだ長歌「なぐさめ」が、事実上の最後の出詠といってよいかと思われます」、榊原昭夫「編集後記」、前掲大熊『母の手――大熊信行全歌集』四二〇頁。

＊10　大熊信行「自選歌　大熊信行　なぐさめ（一首削除）」、柳田新太郎編『短歌年鑑』第一輯、改造社、昭和一三年、二五四頁。

＊11　かぶとあつひら「学校やすみだぞ　ほんとだぞ　うそつくもんか、いつになく　元気に　大声でこどもたち　まちやで　よろこんでる　二月二十九日の朝。」『まるめら』第一〇巻第四号、昭和一一年四月、三頁、「二・二六事件篇」前掲『短歌年鑑』第一輯、一一五頁。

＊12　大熊信行「わが高岡の思い出」、前掲『富山大学経済学部五十年史』五四六頁。

＊13　同右、五五〇―五五一頁。

＊14　例えば、さのかづひこも編集をしている。「わたくしが二年ばかり編集しておりまして」佐野一彦「国語問題と「まるめら」」『大熊信行研究』第六号、昭和五九年、五頁。

＊15　例外中の例外に洩れた人物として、大熊ゼミであった土井巌や、高岡高等商業学校の図書館司書であった山田定平、金森栄作がいる。佐川安造もあげられる。佐川は大熊が選者をしていた時の『高岡新聞』に寄稿したことが縁で、『まるめら』に寄稿した。

＊16　前掲、大熊「わが高岡の思い出」、五五三頁。初出は、大熊信行「仕事なかば」『まるめら』第一一

巻第一号、昭和一二年一月、一七頁。

＊17　大熊信行「かへりみち」『まるめら』第七巻第三号、昭和八年三月、二頁。

＊18　大熊信行「大熊信行作品集（自選）」、岡山巖編『現代短歌全集』第六巻、創元社、昭和二七年、三六頁。但し、大熊の取り上げた歌集一二冊には、浦野敬は入っておらず、さのかづひこは入っている。

＊19　前掲、大熊「編輯言」二〇頁。

＊20　大熊信行「一九三二年度の『まるめら』を編輯するについて」『まるめら』第五巻第一二号、昭和六年一二月、四頁。

＊21　「短歌　大熊信行選」『高岡新聞』昭和六年一一月二一日、朝刊、一面に、最初の大熊の選者としての記事が掲載されている。特に、『高岡新聞』昭和七年五月八日（七日発行）、夕刊、三面には、『まるめら』の同人となる土井巌と高岡高商文芸部の植村苔人（通生）の投稿が掲載されている。

＊22　「本紙歌壇の新選者　大熊信行氏の言葉」『高岡新聞』昭和六年一一月五日、朝刊、三面。

＊23　「大熊信行先生歓迎歌会」『高岡新聞』昭和六年一一月一七日、朝刊、三面「当日は最近の作品一首及び会費として五十銭ご持参下さい　主催　高岡歌人連盟　高岡新聞社」、という記述がある。

＊24　「大熊信行氏の帰朝歓迎歌会　昨夜宝亭で開会」『高岡新聞』昭和六年一一月二四日（二三日発行）、夕刊、二面。

＊25　「新定型の大熊信行先生　本社短歌の選を受諾さる」『富山新報』昭和七年一月七日、夕刊、三面。「新定型の大熊信行氏帰朝歓迎短歌会　來る六日午後一時から富山電鉄上市駅楼上で」『富山新報』昭和

七年三月五日、夕刊、三面。

＊26「短歌　大熊信行選」『高岡新聞』昭和六年一一月二五日、朝刊、一面。

＊27「短歌　大熊信行選」『高岡新聞』昭和六年一一月二七日、朝刊、一面。

＊28「短歌　大熊信行選」『高岡新聞』昭和六年一一月二九日、朝刊、一面。

＊29「短歌　大熊信行選」『高岡新聞』昭和六年一二月二日、朝刊、一面。

＊30 大熊信行「選者の言葉」『高岡新聞』昭和七年一月一日、朝刊第五、一七面。

＊31 大熊信行「選者の言葉」『富山新報』昭和七年一月七日、夕刊、三面。

＊32 大熊信行「選者の言葉」『富山新報』昭和七年一月一日、朝刊、一〇面。茅野の歌は次の通りである。

「金、金、金、この切実さ此の口惜しさ　夜の大地をみつめて歩く

一銭の金が拝みたい日よ、銭屑の　下から下から何を求める

どうあつてもお前の主張を曲げぬなら　俺たちだつてまげられぬものよ」

＊33 大熊信行「選後」『富山新報』昭和八年一月一日、朝刊、一八面。

＊34 野澤民治編『凍土社歌集　昭和三年度版』越後タイムス社、昭和四年。ちなみに本書以外の「凍土社」関連の書籍の所在を文献調査したが、存在を確認できなかった。

＊35 三井田一意（明治四四年一一月四日―昭和二一年九月二四日）は、柏崎商業学校を昭和四年三月に卒業。一八回生。同級生の『まるめら』同人に、神林榮一、野澤民治がいる。財団法人満鉄会の「満鉄

社員カード」によると、昭和一二年一一月に満鉄に採用されている。柏崎商業学校『同窓会会員名簿』昭和一四年によると、「撫順満鉄経理課　撫順四国町二八」、同昭和一七年には、「撫順市新屯園町二ノ四〇　満洲炭鉱株式会社」とある。

＊36　『まるめら』には、「三井田一意」名義と「みゐだ　かづい」名義で寄稿している。「三井田一意」第四巻第六号、第五巻第七号。「みゐだ　かづい」第七巻第一号〜第三号・第九号、第八巻第三号〜第五号、第一〇巻第三号・第五号・第七号〜第一二号、第一二巻第五号。柴田紀四雄『まるめら目次附・人名索引』私家版、平成二一年一二月、著者索引。

＊37　三井田一意「この後の使命――短歌形態に関する一試論」『まるめら』第五巻第七号、昭和六年七月、一頁。

＊38　大熊は「短歌的定量性」について、次のように述べている。「作者の意識において、これまでいかに定型的表現が唯一のものに見えたらうとも、定量的表現こそ、短歌における窮竟的なものである」。つまり、定量的表現の習熟を評価しているのである。「短歌的定量の発見――形態変革の指標」『短歌月刊』第三巻第五号、昭和六年、九頁。

＊39　神林榮一「僕等のグループ（三）凍土社をかたる――くにつたみ　として」『越後タイムス』昭和一〇年八月二五日、三面。

＊40　土田秀雄『歌集　氷原』十字屋書店、昭和二八年、二一、四九頁。

＊41　土田秀雄「格調研究の重要」『まるめら』第三巻第一〇号、昭和四年一〇月、四頁。

＊42　大熊信行「短歌論争の超理論的根拠」『まるめら』第六巻第六号、昭和七年六月、一頁。

＊43　「凍土社短歌作品（上）」『越後タイムス』昭和七年一一月二七日、二面。

＊44　「凍土社短歌作品（下）」『越後タイムス』昭和七年一二月四日、二面。

＊45　「たより」『まるめら』第一〇巻第八号、昭和一一年八月、一二頁。

＊46　「たより」『まるめら』第一〇巻第七号、昭和一一年七月、四頁。

＊47　神林榮一「凍土社だより」『まるめら』第一〇巻第九号、昭和一一年九月、七頁。

＊48　「季節の感覚　耳」『越後タイムス』昭和一一年七月十二日、二面。

＊49　「明日役場楼上で高岡高商巡回講演」『柏崎日報』昭和一一年七月十日、四面。

＊50　「高岡高商の巡回講演」『新潟新聞』昭和一一年七月一三日、二面。

＊51　「高岡高商生新潟で講演」『新潟新聞』昭和一一年七月一〇日、二面、「高岡高商生獅子吼　今晩本社で講演会」『新潟新聞』昭和一一年七月一四日、二面。

＊52　高畑記「講演部」『志貴野』第一八号、高岡高等商業学校文芸部、昭和一二年、一―二頁。

＊53　「たより」『まるめら』第一〇巻第六号、昭和一一年六月、八頁。

＊54　みゐだかづい「孤独の書室」『まるめら』第一〇巻第五号、昭和一一年五月、一頁。

＊55　「たより」『まるめら』第一〇巻第五号、昭和一一年五月、八頁。〔編集者注：力をおとしている理由は、四月六日に同人の野澤民治が亡くなったため、と書かれており、前述の「友」は野澤のことだと思われる。〕

第二章　『越後タイムス』における地域文化運動

——土田秀雄を中心として

一　問題の所在

『越後タイムス』[*1]は、新潟県柏崎町（市）で、明治四四年五月二〇日から平成二六年一二月二五日まで発行されていた地方新聞である。『越後タイムス』においては、数多くの文化向上の試みが行われていた。例えば、大正八年一一月三日には、吉野作造・福田徳三といった当時著名な学者を柏崎に招いて講演会の企画をしたり、その内容について紙上論争までも行っている。[*2]また、大正九年には、洋画家の中村彝の個人展覧会などを開催もしている。[*3]その意味では、単なる地方新聞という枠組みでなく、その当時の中央・地方の文化に敏感に寄り添いながら、柏崎の人々の発表の場として大きく存在していたと考えられる。

前章で述べたように、『越後タイムス』に昭和三年から凍土社という短歌グループが現れ、紙面に短歌を掲載し、『凍土社歌集』を発行した。その凍土社の中心メンバーであったのが、土田秀雄[*4]（北里徹）である。土田は柏崎出身ではなく、柏崎商業学校に赴任してきた一教諭であった。小樽高等商業学校では大熊信行に、東京商科大学では大塚金之助の教えを受けた。[*5]また、大熊が主催した『まるめら』の初期の同人としても編集に携わっており、土田は、大熊・大塚から、短歌についての教えも受けたのではないかと考えられる。[*6]だが、土田が戦後に出版した『歌集　氷原』には、「大塚、大熊両先生とも僕にとっては忘れることのできない恩師であり、歌の道でも先輩であるのだが、然し先生の方からは先輩らしい指導をされたことも無ければ、作品の添削をうけた記憶もない[*7]」としている。つまり、短歌に関しては、大熊や大塚からは影響を受けていないと自ら述べているのである。しかし、私は土田のこのような言説をそのまま信じることはできない。

前章で筆者は、土田などの記述を参考として、凍土社の短歌活動の時代区分を第一期（昭和二年～昭和六年）と第二期（昭和七年～昭和一一年）とした。土田の「凍土集―昭和三年より同六年」、「潮騒集―昭和七年より同一七年」という区分によれば、柏崎商業学校で凍土社という短歌グループを作った時期は前者、直江津農商学校（教諭・もしくは教頭）、新発田商工学校（校長）、柏崎商業学校（校長）までは後者ということになる。ただ、その時代区分の場合、疑問が生じてくる。それは、直江津農商学校に転任した昭和六年が、なぜ後者ではないかということである。

土田に関する先行研究は、学術論文ではほとんど存在しない[*8]。また、大熊信行の研究には、短歌の先行研究[*9]は存在するが、大熊と土田に関しての短歌運動についての考察や、凍土社に関する先行研究も、現在のところ見当たらない。大熊の短歌革新運動[*10]（口語短歌運動）が第二期の凍土社の理論的な枠組みになるが、土田の『潮騒集』には口語短歌は見当たらない。つまり、土田の短歌に対する思想的な変化がこの時期にあったため、第一期の中心メンバーの土田が、第二期に関わらなくなったと考えられるのではないか。

本章では、『越後タイムス』で展開された地域文化運動の一つである短歌活動をてがかりに、第一期の凍土社時代の土田の短歌と、戦後の土田の短歌の集大成でもある『歌集　氷原』との差異を明らかにする。

二　『越後タイムス』と第一期・凍土社との関係

『越後タイムス』が、柏崎商業学校の教員・学生達を中心とした凍土社に歌集を出版させたという事実は、百年の歴史の中で、特異なものであったのかもしれない。昭和三〇年から越後タイムス社の主幹であった吉田昭一が作成した「越後タイムス九十一年史」の年譜においても、凍土社については一切触れられてはいない。[*11] ただし、柏崎歌会関連の項目は年譜に記載されており、本来ならば凍土社の項目が入っていてもおかしくない。『柏崎市史』にも凍土社の記述はあり、[*12] 土田に関しても、昭和五年八月一〇日から紙面に掲載された「第二回越後タイムス紙上大学講座」の講師の一人となっていることから、当時の柏崎の中でも有数の学者として認知されていたと考えられる。[*13]

では、第一期の凍土社同人とはどのような短歌会であったのだろうか。柏崎商業学校第二〇回卒業生（昭和六年卒）である栃倉繁は、当時の凍土社の状況について次のように述べている。

> 柏商に着任した土田の作歌活動はすぐ校内に知れわたり、神林栄一（昭４）ら数人が早速入門。昭和5年、甲組の担任になると、雄心会の14人は土田を中心に放課後図書室で森羅万象を詠みあい指導を受けた。（中略）短歌を通してヒューマニスト土田の影響を受けて行ったのは「雄心会」達だけではなかった。山口高商から大正15年赴任した商業算術の石井公代、昭和5年見附高女から来た習字の勝又平作も歌会に参加。会は〝凍土社〟と呼びあい、高まりつつある軍国の世相に背を向けるようにロマンチシズムを謳歌した。[*14]

この記事の中で気がつくのは、放課後図書室で、土田は雄心会（昭和六年卒）の一四人と二人の教員に短歌の指導をしていたという事である。またこの活動は、『越後タイムス』というよりは、柏崎商業学校の教育活動の一環として行われていたということである。確かに、『越後タイムス』が発行した『凍土社歌集』は、昭和三年度版しか発行されておらず、その中に、雄心会の会員は三人しか入ってはいない。なお、昭和四年六月一六日の『越後タイムス』では、「凍土社詠草―送別歌会―」（二面）が行われ、それ以降に第一期の短歌欄の名称である「凍土社詠草」・「凍土集」が掲載されていない[*15]ことから、対外的な第一期の凍土社での活動はここで終わっていたのかもしれない。無論、彼らの短歌活動は、土田が昭和六年三月まで柏崎にいたから、活動は継続していた。しかし、『越後タイムス』紙上には、昭和七年の第二期になるまで、凍土社として歌が掲載されることはなかったようである。

凍土社の第一期の短歌が「凍土社詠草」・「凍土集」等に掲載され、『凍土社歌集』が越後タイムス社から出版された後、「編集後記」を記した野澤民治が越後タイムス社で働くことになったことも、「第二回越後タイムス紙上大学講座」で土田が講師に選ばれたことも、越後タイムス社と凍土社が非常に良好な関係であったことを示している。

『凍土社歌集』が出版された直後の『越後タイムス』に、中野敬止「柏崎商業が生める凍土社歌集を評す」（昭和四年三月二四日、五面、三一日、五面）という記事が掲載されており、次の指摘をしている。

> 岬町にうしほ会あり、タイムスに柏崎歌会あり、商業学校に凍土社ありして、それぞれ多数の同人を擁し、例会に、研究にその特色ある歌風を進んで来たことは、本紙に発表された通りである。*16

越後タイムス社と柏崎の中では旧い歴史のある短歌グループである柏崎歌会とは、凍土社以上に密接な関係があったといえる。戦前の柏崎の短歌史について、柏崎短歌会「朱」主宰者であった松田政秀が次の見解をしている。

最近の柏崎の歌壇は、前代未聞の盛況を呈して来た。
懐えば明治四十五年、今尚健在の釈青針、江原小弥太、石黒米三郎、酒井薫風の諸氏等がまだ青春の意気盛んな頃、「潮鳴」第一集が柏崎歌会から出版された。〔中略〕以来大正年間には「砂時計」、昭和の初年だかに「凍土社歌集」昭和十年に「潮鳴」第二集と、時折餌の悪い鶏のように、ぽつん〳〵と歌集を生んで来たこの市の歌人達は、終戦後ともなると、俄然活況を呈して来た。[*17]

この指摘は、昭和二四年に掲載されたものであるから、戦前において、柏崎の中で歌集が出版されるのが、いかに少なかったのかがわかる。しかも、柏崎歌会については、きちんと年代が入れられているにもかかわらず、昭和四年発行の『凍土社歌集』に関しては、年代すら覚えられていないことがわかる。『潮鳴』第二集も、越後タイムス社が発行しており、『凍土社歌集』と同じ発行人が明記されている。つまり、戦前の越後タイムス社が、歌集の出版や柏崎歌会の運営をしていることがわかる。勿論、『凍土社歌集』と『潮鳴』第二集は、ほとんど別の人物が歌を出詠しているが、当時の柏崎で歌集を出版することは、決して多くはなく、それだけ『凍土社歌集』は価値があったといえる。

では、なぜ凍土社に関して「越後タイムス九十一年史」に記述がないのかといえば、『越後タイムス』紙上で、凍土社に対する批判が起こったことが原因ではないかと考えられる。第四章で詳しくは述べるが、第二期の凍土集が非定型の短歌であったことが批判の対象になっていた。また、『潮鳴』第一集・第二集そして、戦後に出版された『潮鳴』第三集も定型短歌であることから、凍土社の存在自体が、『越後タイムス』の歴史において消されてしまってもおかしくないと考えられる。ただ、第一期の凍土社は定型短歌であり、大正六年に越後タイムス社に入社した中村葉月も『潮鳴』第二集・第三集に短歌を寄稿していたことから、口語定型短歌に関しては評価をしていたものと考えられる。*18

三　柏崎商業学校時代——土田秀雄の着任と凍土社の背景

土田秀雄が柏崎商業学校に赴任した時、どのような思想を持っていたのかは、同校の『校友会雑誌』第一四号を見るとよくわかる。論文のタイトルは「ダーヴィニズム一考」である。この論文では、ダーウィンを始め、カール・マルクス、ハーバード・スペンサー、について論じられている。社会主義・唯物史観という言葉も使われている。土田は、多くの思想家・哲学者の本を使っており、西洋経済学・哲学を学んでいた。大塚ゼミナールの卒業論文は「社会科学とダーヴィニズム」（昭和二年二月）であった。「ダーヴィニズム一考」は多くの外国語文献を使って完成されている。もしかしたら、卒業論文の一部を転載したのかもしれない。前述の『校友会雑誌』の中を見ても、他の教員が外国語の参考文献を利用したケースは皆無にちかい。土田が、柏崎商業学校に「英語、要項、作文、実践」[*19]の教員として赴任したことも、「ダーヴィニズム一考」の影響かもしれない。

この『校友会雑誌』第一四号には、土田以外の文章も掲載されているが、その中には、その後凍土社の同人になる青年達が多数含まれている。特に「和歌」の頁には、鈴木利一「時雨集」、野澤民治「ノートより」という表題で歌を寄稿しており、柏崎商業学校の中には、文学や短歌に熱意をもった学生が既に存在していたと確認できる。そのような学生が、土田が昭和二年三月に東京商科大学を卒業し、一一月一二日に柏崎商業学校に赴任してきたことにより、「凍土社」が結成されるのである。

この時期の土田の心情を理解するものとして、次の三首がある。

雪どけの泥濘(どろ)深ければ野に入りて径なきを行くに雲雀は鳴くも
ひさびさの並び臥床におん母の寝息さびしみいねがてにをり
こだはりの心とき得ずつゆぞらのけさも暗きが耐え難きかな[*20]

これらは、昭和二年三月の一橋聖樹社より発刊された『聖樹社歌集』に掲載されている。戦後の土田の『歌集 氷原』にも掲載されており、定型短歌として、戦前・戦後の一貫性がとれたものだと考えられる。しかし、昭和三年になると、土田が戦後の出版物に収録しなかった「新しき技術理論を求めよ」が『まるめら』に掲載される。この中で、興味深い一文がある。

短歌の新技法に関する最初の示唆は、土岐善麿氏の作品に最も早くから認められた。木下利玄には特殊な一種の技法があつたけれども、それはただ一種であつた（これは大熊信行氏によつて発見された）。最も意識的に新技法を執つたものは大塚金之助氏であつた。〔中略〕大熊信行氏は寧ろ結句を八音とするねばりの中に新技法を示さうとし、殊に畳みかけて物を云ふやうな、衝迫的なテンポを示して一部の人々を驚かしたが遂に一転して、殆ど短歌の基本的格律を放棄し、短詩的な、俳句的な凝縮にまで向つたやうに見える。（この点から見ると同氏はその『短歌の鑑賞』中に示した破調論を排棄したものといふべきである。）此の傾向は土岐善麿氏筏井嘉一氏渡辺順三氏の最近の作品の一部にも見えてゐる。前田夕暮氏は新しい定型を執つて同じ凝縮への一動向を示し、歌壇への大きな暗示を投げ、又宇都野研氏は新しい技法上の定則を示すほどではないが、前時代の所謂字余り字足らずなどと云ふ範疇を以てしては把握しがたいほどの著しい破調をたえず試み、成功を重ねつつある。〔中略〕

付記。この論稿は六月初旬大熊氏を訪問し其際同氏の談話から受けた示唆に基くところ多い。同氏の閲を経たものであることを明記しておく。*21

この指摘からわかるように、土田は短歌の新たな技術理論構築にむけて『まるめら』で評論を展開しており、その上で、同時期に柏崎の凍土社で学生と短歌活動を展開していたと考えられる。また、この文章の「付記」では、六月に大熊を訪問していることがわかる。「短歌の基本的な格律を放棄」するということは、定型短歌に対する技術理論構築に向かっているということである。『まるめら』の評論を読んでいくと、この時期は、大熊から作歌に関して、強く影響を受けているることが確認できる。但し、土田の『まるめら』紙上で掲載された評論は、全てのちの本に収録していないので、わざわざ土田の短歌観を見えにくくしているという事でもある。

次の四首の短歌は、『潮鳴』第三集と『歌集　氷原』に土田秀雄名義で掲載されていたものである。

敗残の兵とや言はむ何がなしの荷を負ひて歩む遥けき道を[22]（潮鳴）

敗残の兵とや言はむソ兵の眼を逃れ道なきを歩むわれにてあるかな[23]（氷原）

野に臥せば萩の小枝を箸となしかなしき食に日を重ねたり[24]（潮鳴）

野に住めば萩の小枝を箸となしかなしき食に生命つなぎぬ[25]（氷原）

特に、「敗残の」で始まる短歌は、土田の「ソ兵」に対する思いが伝わってくる。土田は、大連高等商業学校の教授であった終戦直後に、ソ連兵に抑留されたという思い出があり、破調ではあるが、この定型の歌に自分の気持ちをこめた事がわかる。

この四首は戦後に出版された文語定型の短歌であり、土田が『歌集　氷原』を編集するときに、細心の注意を払って歌集を作ったことが指摘できる。なぜならば、土田自身は、『まるめら』に掲載した「評論」や定型でない短歌を、戦後自らの著作に収録しなかったことで、定型論者であるとしたかったからである。

四　凍土社結成と『まるめら』

凍土社の同人は、『凍土社歌集』によると、土田（北里徹）、石井公代（玉井純）、岡田昇、村山清益、本田英太郎、権田寶、鈴木利一、三井田久平、野澤民治、三井田一意、郡司公平、神林榮一、千原隆次、伊藤義英、飯尾聰、桑原恒一郎、中村友秀、前川三郎、庭野文吉、杵淵千代平、歌代亥三男、山田秀男、山賀章治、小山善次郎、高木傳一郎、品川博一、高橋信行、高橋松太郎である。[*26] 土田、石井、岡田は教員であり、村山（第七回生）、本田（本間英太郎であるならば、第五回生、柏崎町役場勤務）は卒業生である。権田以降の人々は、第一七回卒業生（昭和三年三月）〜第二〇回生（昭和六年三月）である。つまり、教員三人と卒業生二人と在校生が第一期の凍土社の

（四）　昭和六年五月廿四日　越後タイムス　第一千一十一號

第二回紙上大學講座（第廿三講）

小賣商人の運命など（上）

土田秀雄

講師紹介　土田秀雄氏

資料４　土田秀雄「小売商人の運命など（上）」『越後タイムス』昭和六年五月二四日、四面。

同人であったといえる。この中で、『まるめら』に参加していたと現在のところ確認できるのは、土田、石井、三井田一意、野澤、神林である。そして、この内、第二期の凍土社には、土田以外は全員参加している。

　戦後の土田の著作である『歌集　氷原』の「凍土集」には、九八首の内、『凍土社歌集』から転載されたものが二七首あり、『まるめら』から転載された歌が二八首ある。『凍土社歌集』の北里徹名義の短歌は四二首あり、『まるめら』の土田名義は七九首、北里名義は一首、合わせて八〇首ある。明らかに、『まるめら』からの歌の転載が少ない。特に、『まるめら』第三巻第八号の「勤勉」にいたっては、二二首が掲載されているにも関わらず、一首も転載されていない。

　はっきりしているのは、『凍土社歌集』の短歌のほとんどは政治的なものが存在しないことである。

また、この短歌の全てが定型であることに気がつく。第一章でも述べたが、柏崎での短歌活動においては、定型でない短歌は短歌ではないと考えられていたのかもしれない。その点が大きいからかもしれないが、土田の歌は、退学した学生や朝鮮人の労働者についての憤りの記述はあるが、あくまで個人的な問題であり、社会に対する強い憤りは、この時点では見受けられない。ただ、土田や石井がペンネームで歌を寄稿しているのは、柏崎商業学校に対する配慮なのかもしれない。北里徹が土田のペンネームであると公になったのは、次の新聞記事であろう（資料4）。

土田秀雄氏は北海道根室の出身で、北里徹は其のペンネーム。根室商業、小樽高商、東京商科大学等を経て、教職に在る事前後六ケ年、今春柏崎商業学校より直江津農商学校に転じ現在同校教頭として勤務。〔中略〕現在は定型変革の旗の下に新興短歌第一線に理論と作品をもつて立つ大熊信行氏一派の「まるめら」同人として活躍されてゐる。*[27]

勿論、教員である岡田はペンネームをなぜ使わなかったのかという疑問は残るが、岡田は昭和五年一月三〇日に柏崎商業学校を退職している。

土田名義での『まるめら』の歌はどうであろうか。凍土社の短歌活動をしていた昭和三年四月の「或る演説会にて」には、次の四首が掲載されている。

聴衆にまぢりて座せる警官は帽子の紐を顎にしめつつ
聴衆のどよめくたびに警官は腰を浮かして睨(ね)めまわしたり
ひとところ俄かどよめくや警官等ニヨキリ〳〵と起ち現はれし
貧乏人の投票を金で釣つたと云ふ運動員よ貴様の面(つら)を出せ[*28]

最初の二首は『歌集 氷原』には転載されているが、後の二首は転載されていない。[*29] 特に最後の歌の「貴様の面を出せ」というくだりは非常に強い力が感じられる。『凍土社歌集』では政治色の薄かった土田の歌が、『まるめら』では国家権力に対して批判的な歌を歌い続けていることがわかる。そして、決定的な歌は、昭和四年四月の「持てあます憤怒」である。六首あるが、『歌集 氷原』には二首しか入っていない。掲載されている二首と掲載されていない四首の内の二首を引用する。

就職を頼んでる者に思ふことずばりと云はれぬあはれさに居る（掲載）
グツとひるむ心もちこたえ見返ゆるにつひに恐れてた眼にぶつかる（掲載）
今にどうなるかはつきり見ながら一日中持て余す憤怒
ブルジヨアの新聞でも今これだけの憤怒を全国にぶつつけてるのだ[*30]

このように見ていくと、短歌の勢いがまるで違うように思える。しかも、「持てあます憤怒」とつけられた表題は、『歌集　氷原』の中には提示されてはいないので、この歌だけを収録しても、歌の意味することがわからない。

この二カ月後に、土田は評論「短歌的なるもの」を『まるめら』に掲載しており、次のように述べている。

> たゞ近時実際運動に於て、荒れ狂ふ反動の嵐に吹きまくられ、無産者解放運動がその前進を阻まれんとし、禍ひが歌人の身辺にまで及ぶの実情に於て、上述の反動的なる既成歌壇が、斯かる実際の情勢を反映して愈々反動的となり、既にプロレタリア短歌への第一歩を踏み出した歌人までもを引き戻して、其の作品に対する懐疑を深からしめ、『短歌的なるもの』を改めて回顧せしめ、進んでは自己の陣営内に連れ具(ママ)さんとするの余勢を示してゐることである[*31]

この評論と前後の短歌を見る限り、土田がプロレタリア短歌運動を評価しており、「プロレタリア・イデオロギーを基礎」として、その思想を発展させて短歌を作っていこうという様子が見て取れる。また、このままプロレタリア短歌を続けると、「禍ひが歌人の身辺」にも及ぶということも、土田自身は理解していたのである。それは、自己認識が揺れ動いているということなのかもしれない。

土田自身は、西欧の経済学や哲学を学んでおり、社会主義についても知識があったといえる。その延長線上として、プロレタリア短歌に魅力を感じていたのかもしれないし、恩師である大熊とともに積極的に関与していたともいえる。特に、昭和四年三月に発行された『凍土社歌集』の後、『まるめら』には勢いのある短歌を掲載し、迷いながらもプロレタリア短歌を評価する評論活動をしていたことは指摘できる。

五　柏崎商業学校から直江津農商学校へ――思想的転換

土田の『まるめら』での評論活動は、「新しき技術理論を求めよ」（第二巻第八号）・「短歌的なるもの」（第三巻第六号）・「格調研究の重要」（第三巻第一〇号）・「大衆をつかむ」（第三巻第一一号）・「市電罷業の歌」（第四巻第二号）・「芸術派の正体」（第四巻第五号）と続いていった。ただし、第四巻第六号（昭和五年六月）を最後に原稿が掲載されていない。

土田秀雄が「北里徹」という筆名を『まるめら』で一回だけ使って定型を逸脱した「盗耕地」と題した短歌がある。*[32] その短歌とは次の歌である。

何てえ冷つこい夜風ずらあ海つぺたから吹きつけるすけえやりきんねえ、おつとあぶねえ、こいつ浜ぐみよけいなところに生えてゐやがる荒浜荒砂ぐみつ原超えて砂山蔭にちよつぴりおらあ畑いぢりしたてがんに、盗み作りだとかなんとかこきやがつて今ぢあおおつぴらに畑にも行がんねえ、誰が土地持か知んねえが、ただ寝かしておくよりいつぽど良かつぺ、ありでもこやしもやつただ、畝も作つただ、青物よく出来れば出来たで眼をつけやがつて、ただぢや貸せねえ地代をよこせとぬかしやがる、誰が奴等に面みせやうかい、なんでえ、ありあ、海鳴りだけえ、昼間はちつとも聞くえやしねえが夜更けの今ぢやまるで地面がでんぐりけえるやうなでつけえ音だ、こんげいな夜更けにもつこひつかつぎ青物とりにくるおらちつとばかり情ねえ気もするだ、おらあ畑なんて持ちたかねえ、組合の忠作どんのいふやうにおら達にや土地なんぞいらねえのかも知んねえ、耕作権とやらおら達のもんにしるんだと聞いただが、ほんに誰にも文句ぶつつけられず畑作りしること出来りやええと思ふがんにそいつがまゝになんねえ。奴らどうやつて手に入れただか知んねえがこんげいなだゝつ広い地面己か物顔しやあがつて人を盗人呼ばりも太太しい、おらがこの手で丹精した青物おらがとるのになんが盗人でえ、なんが盗人でい、

何とでもしろおらが手がけたものにはおらどこまでも喰ひ込んで行く*33

この短歌は農民の立場にたっており、地主制に対する怒りを含んでいる。「誰にも文句ぶつつけられず畑作り」をしている農民の立場に立ちながら、その姿を定型短歌ではない、この長い歌に込めている。この長い歌の前に、土田は農民について何首か述べている。

おやこんな田圃(たんぼ)にも櫓(やぐら)だ百姓を追ひ出す奴を考へろ[*34]
あてにならぬ値上り待つて米積んで冬を炉辺(いろりべ)にこもる人々[*35]

最初の歌は「油田地帯」の一首であり、次の歌は「勤勉」の一首である。前者の油田の近くの百姓を追い出す奴というのは、資本家であり、地主なのかもしれない。後者は、値上がりを待つ人々、もしかしたら、これは農民かもしれないが、「あてにはならない」という言葉は、農民でない冷ややかな目線なのかもしれない。しかし、「盗耕地」は、その一線を完全に超えていることは指摘できるだろう。

「盗耕地」や「勤勉」などの政治色の濃い短歌は、『歌論　氷原』には転載されていない。「市電罷業の歌」と「盗耕地」は同じ第四巻第二号に掲載されているにもかかわらず、前者は「土田秀雄」名義であり、後者は凍土社で使った「北里徹」名義になっている。つまり、「盗耕地」だけは、『まるめら』の同人にも、自分が作ったと知られたくなかったのかもしれない。その後の『まるめら』、『越後タイムス』では、「北里徹」名義は使われていない。まるで、この「盗耕地」

で最後だと土田が叫んでいるようである。この一回だけの「北里徹」名義の歌は、彼の短歌の中で非常に水準が高いものだと考えられる。

昭和五年二月に発売された『プロレタリア歌論集』の巻末に次の記述がある。

尚大塚金之助氏の文章は同氏が発表を肯ぜられなかつたので中止し、土田秀雄、前川佐美雄両氏のものも同氏等の御都合のために採録出来なかつたことを、編者として遺憾に思ふ次第である。*36

この記述から、土田がプロレタリア短歌論の人物として認知されていた事実を知ることができる。そうでありながら、土田は『まるめら』に掲載した評論を『プロレタリア歌論集』に転載することを認めず、その上、自らの『歌集　氷原』にも転載しなかった。

この経緯を知る上で、一つのカギとなる資料がある。土田は、昭和六年四月に転任した直江津農商学校の『校友会報』四〇号（昭和七年三月）において、「城畔荘漫語」という文章を書いている。この第一章は「驚畏と寂心と」という題であった。内容は、走る子供と走れなくなった大人について書かれている。単なる子供をよく見て大切にする先生のことについて書いたとして評価できるかもしれないが、筆者にはそうは読めない。土田は、石川啄木の歌「何事か我れに働く仕事あれそれをしとげて死なむと思ふ」を引用しつつ、「走ることを忘れてから数年、私は此の頃しみじみと此の歌を味ふのである」[37]と述べている。つまり、土田自身が「走れなくなった「大人」」であることを自ら指摘しているのである。

その後、『校友会報』第四三号（昭和一〇年三月）には、昭和九年に群馬県高崎市乗附練兵場にて昭和天皇に謁見をした後に詠んだ和歌一〇首が掲載されている。

御親閲拝受感激録

和歌十首

十一月十六日払暁出発

出発の準備は成れりきほひ立ち出づる門辺に霰たばしる

国境越

雪白き越路の山ゆ見はるかす南の空は晴れ渡りたり

野営地御巡視を待つ

夕まけて原にゐならび待つ程に赤城おろしは冷かりけり

軍楽の夕

力強きしらべなるかもおのづから楽に和しつゝ手を振りゐたり

野営地衛兵

月落ちし深夜の原に出で立てば我れをみとめて近づく衛兵（衛兵は皆生徒交替にて之に任ず）

　場内集結
朝もやのかすめるなかを列を組み次々に行くも拝受の部隊は
　御親閲拝受
我れと我が眼に今ぞ仰ぎ見る大御姿のあやに畏き
ひとすぢの心に仰ぐ眼がしらはくもりながらにおろがみにけり
　感激の夕
あか〱と燃えよ篝火感激に高鳴る胸は歌ひて止まず
天幕に寝(いね)んとするにおちこちになほもどよもしひゞかふ歌声[*38]

「御親閲拝受感激録」の歌は、一首も『歌論　氷原』に入っていない。それどころか、少なくとも昭和五年まではプロレタリア短歌について論じていた土田が、天皇に謁見した事を喜ぶ短歌を作っているのである。しかも、完全に文語定型に戻っていることがわかる。

　彼の直江津農商学校の教頭の時期は、昭和六年四月から昭和一一年一二月までである。これは、凍土社の第二期にあたり、土田の短歌区分では「凍土集」から「潮騒集」にあたる。この時期の土田の言動に関しては、これまでほとんどわかっていなかったが、「盗耕地」などのプロレタリア短歌を捨てて、教諭（教頭）としての時局にあわせた短歌を作っていたといえよう。

六　おわりに

土田が、作歌に関しては大塚や大熊の影響を受けていないという戦後の言説を、本章では否定した。土田は、社会主義や西洋経済学・哲学に知識があり、短歌に関しても、柏崎商業学校の頃は、プロレタリア短歌運動にかなり力を入れていた時期があった。しかし、直江津農商学校においては、時局にあわせた教育活動を管理者（教頭）の立場からしなくてはならず、その意味では、教諭として生活をする上では、苦しい立場であったと考えられる。また、柏崎商業学校の時代からペンネームを使うなど、学校関係者には、プロレタリア短歌をしていた事実を伝えたくなかったのかもしれない。であるからこそ、『まるめら』では一回も使ったことがなかった「北里徹」名義にして「盗耕地」を発表したのだと考えられる。

ただ、プロレタリア短歌を辞めると宣言したわけではなく、『まるめら』の同人をいつごろ辞めたのかも今のところわからない。『まるめら』の編集に関わり、頻繁に短歌と評論をしていたことを考えると、苦渋の決断であっただろう。ただし戦後は、プロレタリア短歌をしていたことや、天皇を賛美するような歌を作っていた事実を隠す為にも、大塚・大熊との短歌論から距離をとる必要性があり、『歌論　氷原』にはプロレタリア短歌とみられる可能性のある短歌・評論を転載しないことにしたのだと考えられる。

ただ、『まるめら』には、昭和七年までは同人でいたことは確かであろう。[*39] また、土田が凍土社を結成したことにより、大熊の『まるめら』の短歌革新運動（口語短歌運動）が、柏崎という大熊とは全く無縁の地に華が開いたのは事実である。土田が大塚や大熊から短歌の思索を受けたことにより、柏崎の凍土社の同人達は、精神的に深い影響を受けて、昭和七年から活動を再開しており、大熊の歌論を手本に凍土社を運営し、『まるめら』の同人に二人（神林榮一と山田英二）が参加している。そして、柏崎の地域文化運動や青年団運動と結びついていった。つまり、大熊―土田―凍土社―『越後タイムス』という関係が成立したわけであり、土田は教育者として評価すべき人物であったのだと考えられる。

本章では、第一期の凍土社と土田を中心として考察したが、野澤民治・神林榮一を中心とした第二期の凍土社については第四章で論じる。

＊1　「一九一一年五月創刊された週刊新聞『越後タイムス』は地元出身の江原小弥太を編集長に迎えて基礎を創り、三九年休刊を余儀なくされるまで、社会正義と地域文化の発展にユニークな光彩を放った。」、阿部恒久「「改造」の思潮」、大門正克・安田常雄・天野正子編『近代社会を生きる』吉川弘文館、平成一五年、二六八頁。ただし、週刊ではなく、月三回発行の時期もあった。昭和二一年一月一三日復刊。平成二四年から月二回発行に変更になる。平成二六年一二月二五日休刊。

＊2　「本社の記念講演会」『越後タイムス』大正八年一一月九日、三面。紙上論争は同紙の以下の記事を参照。江原小弥太「社会民主々義の争点」、同日一面、福田徳三「江原君に答ふ」、同日六面、同「労働の売買関係と人格関係」同月一六日、一面、江原小弥太「労働物品説と温情主義」同月二三日、六面。

＊3　柴野毅実『凝視と予感――美術批評への試行』玄文社、平成二一年、一八、四二、二五八頁。

＊4　土田秀雄　略歴

明治三四年、北海道根室市緑町生まれ。

大正一二年三月　工藤麗瞳、加藤卓爾（のち「まるめら」同人）などと詩歌誌『金角星樹』発刊。詩歌を載せるが、第七号、大正一三年二月で廃刊。当時の筆名は土田蒼樹。

小樽高等商業学校卒。大泉行雄と同期。この後佐々木重臣（妙二）・伊藤治郎（後の青木三二）などが下級生。卒業後、根室商業学校に赴任。二年ほど勤めた後に東京商科大学入学。

昭和二年三月　一橋聖樹社より発刊された『聖樹社歌集』に参加（三首収載）。

昭和二年　東京商科大学卒業。大塚金之助ゼミナール所属（同期に高島善哉・山田雄三）。

昭和二年一一月五日　柏崎商業学校に赴任。

昭和三年三月頃より『越後タイムス』で「凍土社詠草」「凍土集」として作品を発表し始める。

昭和三年四月号より『まるめら』に短歌を発表しはじめる。

昭和三年八月　大熊信行、大塚金之助、浦野敬、伊澤信平、佐藤栄一、土岐善麿などと一緒に「新興歌人連盟」の結成に参加。

昭和三年一一月　会田、浅野、伊澤、浦野、佐藤、石塚、坪野、土田、大塚、渡辺、の十名が新興歌人連盟脱退。

昭和四年三月　『凍土社歌集　昭和三年版』越後タイムス社、出版。

昭和四年七月　プロレタリア歌人同盟の成立に参加。『まるめら』からは浦野敬・佐々木妙二・土田秀雄・佐藤栄吉が参加。

昭和五年五月、『まるめら』に「芸術派の正体」を発表。以降『まるめら』に土田の出詠なし。

昭和六年一月　聖樹社歌集『ラ・パラポール』に二九首出詠。これには後に『まるめら』同人として活躍をした大熊信行・浦野敬・萱沼亨一・阿部孝次・山口栄一も参加している。

昭和六年四月　直江津農商学校

昭和一二年　新発田商工校長

昭和一四年五月二日　柏崎商業学校校長。昭和一八年六月四日まで

昭和一七年　柏崎商工校長

昭和一八年　大連高等商業教学校教授（終戦まで）。

昭和二二年六月　柏崎専門学校長就任。同校が柏崎短期大学にかわる二五年三月まで在職

昭和二四年一月　柏崎歌会『潮鳴』第三集に参加

昭和二五年　新潟家庭裁判所上席調査官、新潟少年調査官。

昭和二八年　『歌集　氷原』出版。

昭和二八年四月　函館商科短大教授。昭和三五年三月三一日まで。
昭和三三年二月　随筆集『氷雪を超えて』崇文荘、出版。
昭和三四年　新潟大学商業短期大学部教授。
昭和三五年七月号より中野菊夫主宰『樹木』に短歌を寄せる。
昭和三七年三月三一日没。六一歳。墓所、柏崎市香積寺。
略歴に関しては、川崎進一「土田教授を思う」、『新潟大学商学論集』第一号、新潟大学商業短期大学部、昭和三七年三月、二四一―二四六頁を参照。しかし、土田の戦前の論文・記事についてほとんど記述がない。

＊5　土田の研究論文としては、「配給費研究の二つの方向」『函館商大論叢』第二号、昭和二九年、一―二五頁、「配給能率の理論並びに計測」『函館商大論叢』第四号、昭和三一年一―一六頁、等がある。主に戦後は商業史の研究をしていた。

＊6　大熊信行『文学的回想』第三文明社、昭和五二年。「土田秀雄」については、一九八―一九九頁と二〇二頁に記述がある。「これも青木三二とならぶ『まるめら』派の歌人である」（一九九頁）。

＊7　前掲、土田『歌集　氷原』一一六頁。

＊8　先行研究はないが、大熊信行研究会『大熊信行研究』の中で、土田は取り上げられてはいる。また、富永孝子『大連・空白の六百日――戦後、そこで何が起ったか』新評論、昭和六一年、にも、大連高等商業学校教授時代の土田に関する記述がある。

＊9　大熊の短歌を使った近年の研究は、池田元の前掲『日本国家科学の思想』がある。

＊10　大熊信行は、さのかづひこの短歌を分析しながら、口語短歌運動について、次のように述べている。「これらの作品が純粋の口語で、それとともに和語の系統をおもんじていることである。〔中略〕日本歌壇の現状をみると、〔中略〕文語を死守している擬古派（アララギ・潮音など）では、文語歌のなかへ和語の系統以外のものをとりいれることを、あたらしい問題とこころえている。〔中略〕文語の基礎に立って口語をしりぞけ、洋語・漢語をとりいれようとする態度と、口語の基礎に立って洋語・漢語・文語を制し、和語の系統をまもろうとする態度とは、するどい対照をなす」、大熊信行「新歌態への発展とその作品」、『昭和の和歌問題』下巻、短歌出版社、昭和五三年、五八頁。（初出時「新興短歌論」、山本三生編『短歌講座』第四巻、改造社、昭和七年、三三〇―三三一頁）

＊11　昭和三〇年までは、中村毎太『葉月艸紙』中村葉月氏操觚四十年記念誌刊行会、昭和三〇年を参照。吉田昭一『石ぐるま――越後タイムス「テールランプ」選』越後タイムス社、平成一四年、二八〇―三二一頁。

＊12　「当時土田秀雄を中心とした「凍土社」も誕生した」との記述がある。柏崎市史編さん委員会編著・発行『柏崎市史』下巻、平成二年、一六七頁。

＊13　前掲、吉田『石ぐるま――越後タイムス「テールランプ」選』二八九頁。

＊14　栃倉繁「土田秀雄と雄心会」、新潟県立柏崎商業高等学校同窓会編・発行『柏商同窓会員名簿――創立七五周年記念　母校のあゆみ・おもいで』昭和五九年六月、三三三頁。

＊15 〔編集者注：著者は六月一六日以降記事がないとしているが、九月一日、一面に「凍土社詠草　八月二五日野澤氏宅にて」という記事があることを確認した。〕

＊16 中野敬止「柏崎商業が生める凍土社歌集を評す」『越後タイムス』昭和四年三月二四日、五面。

＊17 松田政秀「最近の柏崎の歌集」『越後タイムス』昭和二四年四月一七日、二面。

＊18 「出版に際しては越後タイムス社中村氏の一方ならぬ御尽力に預つた。元々此の歌稿は始(ママ)んど全部その時々のタイムス紙上に曾つて発表せられたものである。中村氏の好意なくんば此の歌集は遂ひに地上のものとはならなかつたかも知れぬ」野澤民治「編輯後記」前掲『凍土社歌集』一〇〇頁。

＊19 『校友会雑誌』第一四号、柏崎商業学校、昭和三年三月、一五二頁。石井公代は「珠算、商算」、岡田昇は「英語」の教員である。石井は、昭和四年六月七日に福岡県立福岡商業学校に転任している。つまり、前掲『凍土社歌集』に関わった教員は、昭和五年初旬には土田以外、柏崎商業学校に誰もいなくなっている。

＊20 内山泰一編『聖樹社歌集』一橋聖樹社、昭和二年三月、七二頁。

＊21 土田秀雄「新しき技術理論を求めよ」『まるめら』第二巻第八号、昭和三年八月、二頁。

＊22 柏崎歌会同人編『潮鳴』第三集、越後タイムス社、昭和二四年、一〇頁。

＊23 前掲、土田『歌集　氷原』、七七頁。

＊24 前掲『潮鳴』第三集、一〇頁。

＊25 前掲、土田『歌集　氷原』、七八頁。

＊26 「作者別目次」前掲『凍土社歌集』。
＊27 土田秀雄「小売商人の運命など（上）」『越後タイムス』昭和六年五月二四日、四面。
＊28 土田秀雄「或る演説会にて」『まるめら』第二巻第四号、昭和三年四月、三頁。
＊29 前掲、土田『歌集　氷原』、四一頁。〔編集者注：著者は「後の二首は転載されていない」と述べているが、三首目は「弥次はげしと見るや俄に警官らニヨキリ〳〵と起ち現れし」と改稿された上で掲載されている。〕
＊30 土田秀雄「持てあます憤怒」『まるめら』第三巻第四号、昭和四年四月、二頁。前掲、土田『歌集　氷原』、二六頁。
＊31 土田秀雄「短歌的なるもの」『まるめら』第三巻第六号、昭和四年六月、一頁。
＊32 拙稿「土田秀雄と北里徹」『越後タイムス』平成二三年四月一日、四面。
＊33 北里徹（土田秀雄）「盗耕地」『まるめら』第四巻第二号、昭和五年二月、三頁。
＊34 土田秀雄「油田地帯」『まるめら』第三巻第六号、昭和四年六月、二頁。
＊35 土田秀雄「勤勉」『まるめら』第三巻第八号、昭和四年八月、四頁。
＊36 渡邊順三編『プロレタリア歌論集』紅玉堂書店、昭和五年、二八〇頁。
＊37 土田秀雄「城畔荘漫語」『校友会報』第四〇号、直江津農商学校、昭和七年三月、九六―九七頁。
＊38 土田秀雄「御親閲拝受感激録」『校友会報』第四三号、直江津号　直江津農商学校、昭和一〇年三月、一四七―一四八頁。

＊39　大熊信行「編輯言」『まるめら』第六巻第一号、昭和七年一月、四頁に、十二月号の『まるめら』の歌評を読んで、「同人土田秀雄は、つひに昂奮を感じたさうだ」という記述があることから、同人はまだ辞めていないことは確認できる。

第三章　土田秀雄の地域文化運動

——短歌運動を支えた人々を巡って

一　問題の所在

土田秀雄は、昭和二年柏崎商業学校教諭の頃、凍土社という短歌グループを結成した。歌誌『まるめら』の影響を受けた短歌グループではあったが、その凍土社の活動には、柏崎の文芸愛好家（趣味人）の支えがあったと考えられる。土田は、柏崎出身ではない。北海道根室出身であり、その点において、全く見ず知らずの土地に教諭として赴任し、数カ月後には、同僚と教え子とともに、『越後タイムス』に短歌を掲載し、言論部の部長をした。

しかし、大熊信行の展開した短歌革新運動（口語短歌運動）は、大熊が赴任していた高岡高等商業学校の所在していた高岡でも、その歌風は受け入れられなかったし、深まらなかった。土田と同じく初期の『まるめら』を編集した浦野敬[*1]も、凍土社と同時期に長野商業学校で教諭をしていたが、短歌革新運動は、学生達の集団として大きなものにはならなかった。

ではなぜ、柏崎商業学校に赴任した土田だけが、ある程度の成功を収め、土田が亡くなった後も、土田を敬慕した学生が多数存在したのかという疑問が残る。勿論、大熊や浦野との教育者としての資質の違いもあるだろう。しかし、根本的な違いは、土田には柏崎の文化を愛する特性があり、その特性が、土田の教育者としての資質と結合して成立したと考えられる。土田が赴任した柏崎地方には、文化を愛する気風というものが元々存在していたともいえるだろう。
前章では、第一期の凍土社と土田を中心として論じたが、本章はそれを補完する意味がある。また、前章では深められなかった土田と凍土社同人（学生）との関係に触れる。本章は、凍土社の成立における背景を抑えながら、受け入れる側となった柏崎の在地の人々を中心として考察する。

二　柏崎商業学校教諭までの経緯

大熊信行と土田秀雄は、小樽高等商業学校の専任講師（教授）と学生の関係から始まった。土田は、大正一一年に小樽高等商業学校を卒業しているが、その後も大熊との関係を保ち続けた。土田の小樽高等商業学校の同級生には、後の香川大学学長をした大泉行雄、『まるめら』の同人となった伊藤治郎（青木三二）などがいた。

この同級生の中に梶川亨司[*2]という人物がいる。梶川は、土田が亡くなってから二年後、小樽高等商業学校同窓会の『緑丘』に追悼文を掲載している。

緑丘弓道場わき、階段下の小部屋でわれわれ六人の者は、ランタン・クラブなるものをつくって、当時流行のインスタント・ポスタムをのみながら、文学、哲学を論じたものだった。その主宰者は土田君だった。いまは大半幽明境を異にしてしまったが彼は聡明で人情味が厚かった。[*3]

土田は梶川とともに、文学・哲学を論じ合う仲間であったことがわかる。この時期に土田は、著作『随筆集　氷雪を越えて』（資料5）の「師と歌と」という短文で、次のように述べている。

高商ではO（N）教授の原書講読グループに入つた。O先生を下宿に訪れ夕方から翌朝まで遂々語り明し、朝になり先生が私を部屋に残し、やがてパンを買つて戻つて来られたのには痛く恐縮した思い出がある。話題は経済や商業のことではなくてドストエフスキーの作品についての議論だつたように記憶している。芸術論や人生論で夜を明かして語り合うなど全く青年客気のなせるわざであつた。先生は経済学の研究でも早く学位を取るほどの業績を挙げられたが、歌作及び歌論の方面でもすぐれた足跡をのこしている。卒業後、私も先生の歌誌「まるめら」の同人となつた。[*4]

このO（N）教授は大熊信行である。小樽での大熊や梶川との交流を通じて、土田は青春時代をおくったと考えられる。大正一一年に、小樽高等商業学校を卒業した後について、梶川は次の

資料5　土田秀雄『氷雪を越えて』崇文荘、一九五八年。

回想をしている。

卒業して一緒に栗林に入ったが、下宿は四谷塩町で、ここでも二人は起居を共にした。実業界――これは二人の性格に合わぬ必然性を持っていた。五月に入って小生退社すると彼も、すぐ自分のあとを追うように辞して根室商業の教師になった。[*5]

土田が小樽商業学校を卒業してから実業界に入り、その後、数カ月で辞めてしまっていることがわかる。その後、根室商業学校で教諭をしていた小樽高等商業学校の同級生の投身自殺等もあり、土田は根室商業学校を辞めて東京商科大学に入学している。この文章の後に、梶川は土田と大熊の関係についても書いている。

土田君は志を立てて東京高商（ママ）に入り、病を得て南湖院に病臥した。そして、こゝで大熊信行先生と思想的に深い交りをつづけた。[*6]

大熊の著者年譜によると、大正一三年一〇月から大正一四年四月まで、茅ヶ崎南湖院（サナトリウム）に入院したという記述があることから、大熊と重なる時期に土田も入院したと考えられる[*7]。この時期に、土田は次の一首を詠んでいる。

院長より賞とてわれに賜はりしフリージャの花に妹こそ想はめ（南湖院）[*8]

梶川の追悼文からは、これまでわからなかった土田の軌跡の一端が見えてくる。それは、決して順調な道のりではなく、高商の卒業—実業界での失敗—根室商業学校での友人の自殺—東京商科大学入学—南湖院入院という、苦節の連続であったとみてよいだろう。その後、昭和二年三月に東京商科大学を卒業している。柏崎商業学校の同僚であった星野徳一郎は、土田のことを次のように述べている。

彼は一ツ橋で極めて秀でた男で頗るの上玉だったから卒業と共に推されて朝日新聞に入ったが、腎臓疾患で退き心ならずも教育界に転じた。[*9]

つまり、土田は優秀な成績を残した人物であり、東京商科大学を卒業してジャーナリズムの世界に入ったが、体調を壊し、中途採用という形で柏崎商業学校教諭になったとみてよいだろう。本人としては、思い通りにいかない人生であったと思っていたのかもしれない。土田の思想形成を考える場合、多くの挫折があったけれども、それに負けず、最終的に柏崎商業学校に赴任したとみなすことができる。また、梶川の追悼文のとおり、学生時代から研究会を主催者したり、哲学・思想を仲間と論じ合うことをしており、凍土社などの活動ができる素地がそこにあったとみることができる。

三　柏崎商業学校での地域文化運動――トルストイ座談会

土田は、昭和二年一一月一二日に柏崎商業学校に赴任した。朝日新聞を退職して、病気を治癒してからの奉職であったので、一一月という遅い時期に就任したのだと考えられる。当時の柏崎商業学校の校長は小川濬治であった。元根室商業学校の校長であり、土田の恩師である。土田は小川の推薦で、柏崎商業学校教諭に奉職できたと考えられる。小川は、同年七月二六日に柏崎商業学校に校長として着任したばかりであり、自身も手探りな状態であったのかもしれない。よって、根室商業学校の教え子であった土田を採用することで、学校教育をやりやすくしたいと考えたのかもしれない。また、土田を教育者として高く評価していたのかもしれない。

土田は、当時について次のように述べている。

> 柏崎に来て私が最初に宿とした家は、港町にある大きな回船問屋であつた。古くからの商人でありその頃は回漕の方の商売は余り振わず新潟市で大規模な製材工場を経営し、樺太から北洋材を持つて来て商売にしていると言うことであつた。*[10]

この文章の後に、回船問屋の主人から経済市況について質問を受けたことを書いている。つまり、柏崎商業学校の教諭であったことで、下宿先で柏崎の経済の生の声を聞くことができたのである。柏崎商業学校に大正一五年五月一八日に着任した石井公代教諭*[11]（商業算術・山口高商出身）は、『越後タイムス』の中村葉月の家に下宿していたようである。*[12] 石井は凍土社に参加し、その後『まるめら』にも短歌を出詠している。*[13] このように考えていくと、凍土社の結成は中村宅に下宿していた石井公代の着任から始まったと考えても言い過ぎではないだろう。そして、土田は回船問屋に下宿している時に、桑山太市*[14]（「対池」は号）と知己になったと述べている。

> 此の家に住んでいる頃、私が最初に知己となつた趣味人に桑山対池さんがある。親戚の人として時々此の家に来住するところから面識を得て、或るとき駅通りの戯魚堂をたずねた。桑山さんは、その頃油画材料の店、戯魚堂の主人であり、呼び名も戯魚堂さんで通つてい

た。[15]

土田は、柏崎とは地縁のつながりがなかったが、桑山対池（戯魚堂）を手がかりとして人脈を作っていったと考えられる。凍土社の結成と同じ時期に、言論部と部長をしたというのも、土田の人脈形成と大きく結びついている。昭和四年に『凍土社歌集』を出版したときの同人の何人かは、言論部にも所属していた。

そして、大きな催しとして、昭和三年九月六日に「トルストイ」の座談会を柏崎商業学校で開いた。当時の新聞には、次のとおり記されている。

去る六日午後二時半より柏崎商業学校に於いてト翁百年祭記念文芸座談会開催され正面壇上にト翁の肖像を飾り左記諸氏の講演あり、午後五時半散会す

一、トルストイ作品の魅力　北里徹

二、イワンの馬鹿に就いて　桑山太市

三、経済と文芸

　少憩

　音楽二題（ハーモニカ）　ロシア国歌、ヴォルガの舟唄　佐藤仁史外二名

四、トルストイの矛盾　中村葉月

五、トルストイに現れたるロシア精神　岡田昇
六、真実を見抜く力　洲崎義郎。[*16]

この記事によると、前述の桑山太市も報告者の一人になっているし、戦後柏崎市長になった洲崎義郎[*17]も報告者になっていることがわかる。この講演会で、土田が「北里徹」を名乗っているのが印象的である。この記事を見る限り、この時期の土田は短歌活動以外の催しにも「北里徹」の名義を使っていたことがわかる。また、「三、経済と文芸」の講演者はこの記事には書かれていないが、凍土社に参加した石井公代であった。[*18]同じく報告をした岡田昇も、凍土社に参加した人物である。よって、トルストイの座談会で報告をした三人の教員の全てが『凍土社歌集』に短歌を出詠している。つまり、このトルストイ座談会と凍土社は、共通の人々が関係した可能性が高い。そして、この座談会が終わった後に、中村葉月が「トルストイの矛盾」について『越後タイムス』に記事を掲載している。

此の一文は去る六日柏崎商業学校で催されたトルストイ生誕百年祭記念の文芸座談会に、小生が試みた漫談の大要である。
◆今から回想するともはや一ト昔以前の事になるが、確か大正六七年の頃だつたと思ふ。越後タイムスが主催となつて柏崎座に島村抱月、松井須磨子一行の芸術座を招聘した事が

ある。其の時の出し物は第一が中村吉蔵氏の「剃刀」、第二が所作事「京人形」、第三がトルストイの復活「カチユシヤ」だった。〔中略〕之れは其の後になつて聞いた話だが、其の晩、カチユシヤの芝居を看に行つた柏崎中学の生徒諸君のうちでは、一週間だかの停学処分に処せられたものがあるとの事だつたが、今日同じ町の商業学校でカチユシヤの原作者トルストイ翁の生誕百年祭記念の会が催されるといふのは一種の皮肉にも考へられ、多少の感慨なきを得ない。此のやうな杜翁記念の催しを計画された主催者に対して、私は満腔の敬意と感謝の念を捧げたいと思ふ。[*19]

『越後タイムス』主幹の中村の文章は、当時の柏崎でのトルストイの位置づけを知るうえで興味深い。中村の「越後タイムス四五年年譜」によると、柏崎座での催しは大正六年一〇月四日のことである。[*20]その当時中村は二六才で、越後タイムス社に入社したばかりであった。そのようなときに、越後タイムス主催の試みとして行われた。大正六年の時期に停学になるくらいなので、昭和三年に、トルストイ百年記念の座談会の集会を柏崎で開くだけでも、驚くべきことであっただろう。この集会について、『柏崎日報』には次の記事が掲載されている。

柏崎商業学校々友会では明六日午後二時から同校に於て露国文豪として世界的に知られたトルストイ翁百年記念文芸座談会を開くこととなり目下準備中であるが講師としては現

新歌壇に新進の名を馳せて居る高岡高商大熊信行氏が特に臨席しその他柏崎商業学校土田、岡田、石井諸教諭に洲崎義郎、桑山太市諸氏等も出席しそれ〴〵同翁に関する座談がある筈であるがなほ翁を偲ぶべきロシア音楽の演奏もあるといふ柏崎地方としては珍らしい思ひつきである[*21]

この記事によれば、大熊が柏崎に昭和三年九月六日に来訪しており、第一期の凍土社のメンバーにも会っている可能性がある。大熊が柏崎に来訪したという、九月六日以降の記事が今のところ見当たらないが、事前に地元新聞に掲載されている以上信憑性をもっている。大熊もトルストイに関心を深めた時期[*22]があり、大熊と土田の関係であれば、この時期の柏崎来訪の可能性は高い。前章で引用したように、土田の昭和三年八月の『まるめら』の論文によれば、土田が大熊を訪ねており、柏崎来訪を促したとしても決して不思議ではないだろう[*23]。また、丁度この時期に新興歌人連盟が結成されており、『まるめら』の短歌革新運動が新たな分岐点を迎えた時でもあった[*24]。それにしても土田は、そのような時期であったからかもしれないが、柏崎に赴任してから一年も経たないうちに、柏崎の著名人である洲崎・中村・桑山を集めて座談会を開催してしまうのは、珍しい思いつきであったと同時に、優れた行動力であったといえる。

四　詩郷会と雄心会

凍土社の歌会、トルストイの百周年座談会が行われた時に、柏崎商業学校に詩郷会と雄心会という同窓会組織が成立した。詩郷会は、第一八回卒業生（昭和四年三月卒業）を中心とした組織であり、雄心会は第二〇回卒業生（昭和六年三月卒業）を中心とした組織であった。この二つの同窓会は、土田が柏崎商業学校に赴任してから関わった学生達の集団であった。越後タイムス社から出版した『凍土社歌集』では、第一八回の学生が主体になっており、第十七回・第二〇回の卒業生は少数であった。[*25] しかし、今回発見した資料[*26]によれば、昭和五年の凍土社の会合は、柏崎商業学校の雄心会のメンバーが主体になっていることが確認できた。

この資料はコピーであったが、いつごろ作成されたものかはわからない。ただ、高橋源治が所有していた柏崎商業学校卒業四五周年記念誌の『雄心』（非売品、昭和五二年）に挟まっていたものなので、昭和五〇年代に、凍土社の同人の誰かが持っていたものを、雄心会の会合でコピーして配布したものではないかと考えられる。この資料は六枚綴りであり、上から「昭和5年度各部スタッフ」「五・六・一六凍土社復活第二回歌会詠草　於六月十六日　土田先生宅」（資料6）「凍土社第三回詠草　s5　七月□（二字不明）日於　図書室」「凍土社第四回詠草（一九三〇、一

一 土田象耕先生（北星）
渡辺英一
栃倉繁
野沢士郎（高橋）
夢久美子
高橋信行（源治）
田島十一郎
前川政一
星山 一
高橋梅吉郎
金子四郎
三井田一意
須田芳郎
山崎良雄
村田高道
青木正道

十五名（二十回生）

小林清
加藤
壮郎
野沢良治
中村
勝俣先生（兼秋）
神林栄一

五六・一六 凍土社復活第二回歌會詠草 於六月十六日 [illegible] 高橋先生宅

1 晴れし朝紅ぶの若葉ふ風に揺れ澄みし御空にハヤツバメ飛ぶ
2 食を探る人あるを見れば俺等は今幸福の絶頂を歩んで居るのだ
3 帯持ち立つ人の影長々と水打ちしたる街の静けさ 渡辺英一君
4 漸くに春は落ち付きぬ此の頃の米山風もやゝぬくみたり
5 雷神は神鳴る、なの金綱を邪魔者とばかり蹴上げつゝ眼光れる 栃倉繁
6 社會制度の欠陥を口にする友は人を使ってゐる 野沢正治
7 真白な敷布の感じ心地よく天上見つめた一日のやすらい 野沢士郎
8 ほれぼれと見入る朝の春の空絵の才なき我を惜しむ 渡辺英一
9 新緑したゝる樹の下ゆけば俺が身は何んだか躍りたいやうだ
10 気をくばり配り話しかねて来る相手のヘンな卑怯さに耐えられぬ
11 二年ぶりにして会し友の東京弁に打ち解けて話されず居る 高橋信行

12 心深く解れたる友と別れ来て仰ぐ日星影のかくも澄みたる　前川啓一
13 長旅の悦が不慣れがあいまいの車中の一夜眠りに困りぬ
14 段々に馴らされて来て今では自分の小さいのに驚いてゐる、
15 自分の名と同じ名なる義士の墓に何かしら引かれて去りかねて居る
16 何かしら引かれるもの寺坂吉工門信行の墓
17 落ちまいとして声一杯に泣き叫ぶ板にしがみ幼子の姿！　柳倉銀右
18 いつのまにかプル的な気持を養はれてた自分の立場を今にして見る
19 むしやくしやきりこんで来た、話し口に押されてはならぬと笑つて抑ねる
20 年を経し木々の中に新しき宮居に立ちて神に一さ増し居り　前川
21 青々とした芝生に鹿三三五五真昼の奈良はいとのどかなりけり　高松
22 ちよつとした口争で我が姉とひもす言葉に交さずりけり
23 朝露と共に咲くなり白梅は我が兄がごと生命短し
24 麻工場で働いてゐる友々をもう卑しく見てゐるあの小工女等は
女学生になつたと云ふだけ　三井田一義
25 若人よ大衆の威力に怖れるな、俺が一人の力を信じすすめよ　高橋松太郎

資料６　「凍土社復活第二回歌会詠草」昭和五年六月一六日、歌会プリント（高橋信彦氏所蔵）

二、二四　於　北里氏宅）」「凍土社第五回詠草　於図書室　1　19」「四月二十一日図書室ニテ凍土社復活第六回歌会詠草」と記されていた。

二枚目の資料には当時の参加者の名前が羅列されており、土田秀雄（北里徹）・渡辺英一・枥倉繁・野沢士郎（高橋）・宇佐美俊郎・高橋信行（源治）・廼島十一郎・前川政一・品川博一・高橋松太郎・金子四郎・三井田一意・須田芳郎・山崎良雄・村田尚道・青木正道が二十回生と記述されている。ただし、三井田一意は、一八回生なので、間違いである。また、その他にも、小林清（二二回生）、加藤（名不明）、江部（名不明）、野澤民治（一八回生）、中杉（名不明）・勝又先生（素秋）、神林榮一が参加していたことがわかる。

つまり、昭和五年の凍土社には、雄心会（二〇回生）は一四名で、詩郷会（一八回生）は三名参加していたことになる。昭和三年に出版した『凍土社歌集』には、雄心会のメンバーは三人しか参加していなかったので、今回の資料で昭和六年四月まで続いたと思われる土田が参加した凍土社には、同人に変化があったと考えられる。ただ、『凍土社歌集』から今回の資料において継続して参加しているのは、野澤民治・三井田一意・神林榮一・高橋源治・高橋松太郎であるので、彼等が主体的に凍土社の運営をしていたことは間違いない。第二期の凍土社を理論的に率いた野澤民治と三井田一意は早世しているので、戦後に最も凍土社について理解していたのは、神林榮一と高橋源治であるといってもよいだろう。この二人が、凍土社の精神を引き継いでいたことが、今回の資料によって裏付けられたのである。

また、戦後に栃倉繁が発行していた『雄心会会報』を見ると、数号分しか確認できていないが、いかに雄心会のメンバーが土田を敬慕していたのかがよくわかる。栃倉は『凍土社歌集』には短歌を寄稿していないが、言論部で昭和五年一二月一四日に開催した秋期講演会及び義士講において、「広告と商業戦線」という題目で発表している。[*27] このように、土田の展開した文化運動は、凍土社や言論部を通じて、多くの学生を感化したのであり、戦後の詩郷会と雄心会の原動力になったのは間違いないだろう。

五 柏崎から大連へ

土田は、昭和六年から直江津農商学校の教頭として赴任する。土田にとって柏崎は去りがたい地域であっただろうが、学校の管理者としての道を選択するにいたった。

プロレタリア短歌や短歌革新運動に力を注いだ土田にとってみれば、学校教育の中で教師を続けていくことや、組織の中で出世をするという事は、非常に辛いことであったことは間違いないだろう。しかし、土田の苦節に満ちた柏崎商業学校までの人生を省みるとき、結果として柏崎商業学校に奉職した事により、凍土社・言論部を通じての地域文化運動を展開する中で、土田は自らの生きる精神の「再生」を遂げることができたと考えられる。昭和八年、恩師である大塚金之助の逮捕や、小樽高等商業学校の同窓の小林多喜二の虐殺は苦渋にみちたものであったが、土田は短歌を続けながら時代を乗り切っていくことになる。

当時の心情の変化について、土田の『歌集　氷原』にもその影響が見受けられる。例えば、直江津農商学校時代に、直江津小学校の教員であり、直江津海洋少年団で一緒であった仲田大二[*28]に対して次の歌を詠んでいる。

南洋の土人の刀刃(かたな)はこぼれ錆びたるまゝに眺めあかぬかも（仲田大二君へ[*29]）

しかし、同じ「潮騒集」の中の石田善佐[*30]について歌った歌は次の通りである。

あなさやけあなたのもしき今日よりはおほまつりごと君翼賛す（石田善佐へ[*31]）

仲田大二に関しては敬称をつけており、南洋の土人に対する心配が漂っているが、石田善佐に関しては「たのもしい」と思っていた時期はあったけれど、彼が翼賛してしまったということで、敬称もつけず呼び捨てで固有名詞をあげて、歌で批判をしているのである。戦後に出版された『歌集　氷原』であるから、当時このような歌を歌っていたのか確証はないが、土田の政治に対する不満があったことが短歌から滲みでているとみてよいだろう。

土田は、昭和一二年から新発田商工学校の校長となり、昭和一四年五月二日に柏崎商業学校校長に着任する。新発田商工学校長に三六才の若さで校長になったことを考えると、優秀であったと考えられる。柏崎商業学校に校長として着任した直後の五月二二日に、「陸軍配属将校令発布15周年御親閲のため、土田校長、坂井、田中先生、生徒代表猪爪定一郎外九名、東京へ出張[*32]」とある。そこで、土田は次の訓示を述べている。

> 殊に実業学校に学ぶ諸子は我国産業の興隆と国富の増進とが、繋つて諸子将来の活躍に俟つ所以を深く自覚し、此の光栄ある大任の遂行に向つて、学窓に在るうちより大いに勉励努力するところがなければならぬ。我国産業の現勢に顧みて、諸子が将来よく産業界の将帥（キャプテン・オヴ・インダスツリー）となつて、多難なる経済国難の打開を敢行し、商業報国を通して、八紘一宇の皇謨に仕へまつる為には、余程の決心と努力とが要る訳である。[*33]

この昭和一四年五月一二日にはノモンハン事件が起こっており、また、七月二六日には日米通商航海条約を破棄するという、いよいよ日本が戦争に突入しようとしている時期に、土田は、柏崎商業学校の学生に「産業界の将帥（キャプテン・オヴ・インダスツリー）」になるようにと述べているのである。土田は前章で述べたように、『校友会報』第四三号（昭和一〇年三月）で、昭和天皇に謁見をした後に詠んだ和歌一〇首が掲載されている。

一方、今回の土田の柏崎商業学校での『御親閲拝受感激録』では、他の教師・学生は短歌を掲載しているにも関わらず、土田は短歌を一首も掲載していない。直江津農商学校では中間管理職であった教頭であったが、柏崎商業学校では校長になったので、それくらいの自由はあったのかもしれない。

また、六月一三日に、それまで教頭であった星野勝太郎（簿記、商事要項の担当教諭）が退職し、七月七日に梶川亨司と柳昌平が柏崎商業学校に着任した。[*34] 梶川は、前述のとおり、土田の小樽高等商業学校の同級生であり、最も親しい友達の一人である。その梶川を土田は教頭として抜擢している。梶川の以前の教・職歴がわからないが、梶川は英語の担当教官であり、柳昇平は経済学入門の担当教官であった。つまり、簿記等の実学の教官を補充するのではなく、英語や経済学の入門といった、すぐには必要ないかもしれないが、人格形成にとって必要であろう一般教養の科目を重視したとみていいだろう。

土田にとって、校長として戦争に協力していくことは必要であったとしても、彼自身は西洋哲学や経済学に対して否定的な考えを最後まで捨てることができなったのではないかと思われる。当時の柏崎商業学校の学生の一人に山田博[*35]という人物がいた。彼は、土田校長から影響を受けた人物の一人である。[*36] 彼は当時の柏崎商業学校について次の通り述べている。

英語の梶川先生も印象深いお一人だ。実業学校は完成教育をするところだから、本来進学の為に補習教育するところではないのだが、当時進学希望者が思いの他あって、見兼ねて指導して頂いたのであった。だから私達は梶川先生を忘れるわけにはいかないのだ。小樽高商出だったのは、土田校長が小樽出だったから、或るいは互いに同級生だったのかもしれない。梶川先生はその後確か岐阜高等農林の教授になられたはずだ。柏崎におられたのは昭和十五年頃だった。[*37]

山田は、「軍国主義華やかな時代で、何もかも万事異常な時代であった」[*38]と当時について振り返っている。軍国主義の華やかな頃に、上級学校への進むための補習を認めていたのである。土田は学校長として、自らの母校東京商科大学の「産業界の将帥（キャプテン・オヴ・インダスツリー）」という校是を、柏崎商業学校に植えつけようとする努力をしたのだと考えられる。

その後土田は、柏崎商業学校校長から大連高等商業学校へ教授として赴任した。だが、大連で応召され、戦地に一兵士として派遣され、苦難に直面している。梶川は追悼文の中で、「戦地では筆舌に絶する労苦を重ねられた」[*39]と指摘している。土田は、柏崎商業学校では、戦争を指導する教育者の立場であったのかもしれないが、大連では、一人の兵士として辛い生活をおくった。『まるめら』に寄稿し、凍土社の同人であった三井田一意も、戦後直後に日本に帰ることなく亡くなっており、柏崎商業学校・直江津農商学校・新発田商工学校の学生や友人にも亡くなった人は多数存在した。土田にとっては、自分自身の問題も含めて、悲痛としか感じられなかったであ

資料７　『雄心』柏崎商業学校卒業四五周年記念誌、非売品、一九七七年、一二頁。土田は前列左から三人目。

ろう。その中で、大連から柏崎に土田は帰った。

昭和二二年一月一九日の「一六周年雄心会のつどい」[*40]の写真には土田は写っていない。「昭和二二年三月一七日　大連より帰柏された土田先生を迎えての歓迎懇親会」[*41]の写真（資料７）があることから、柏崎に帰ったのは昭和二二年の二〜三月だったと考えられる。その後、柏崎専門学校の学長になり、三度柏崎で過ごした。柏崎専門学校では、経済図書をそろえるために図書館の充実に励んでおり、戦後の柏崎の文化活動にも積極的に関わったと考えられる。[*42]

六　おわりに

土田秀雄は、柏崎商業学校教諭となり、第一期凍土社を成立させた。しかし、第二期凍土社には参加せずに、非定型の短歌革新運動（口語短歌運動）も、昭和五年ごろから文語定型歌に変更していった。自らの短歌理論を捨てたという意味においては、転向したと考えられても仕方がない。

だが、土田の柏崎での地域文化運動は、短歌運動ではなく、生きた柏崎商人の研究へと広がりをもち、その中で構築されたつながりは、文語定型歌に戻った後も、[*43]詩郷会・雄心会の同窓組織を中心として、その結束は守られ続けた。[*44]土田の人格形成は、非常に苦節した青年時代の末の柏崎商業学校での教育活動によっており、太平洋戦争によってもう一度ゼロになったところを、柏崎の人々に再生されていったと考えられる。大熊も同じように、「再生と解体」を繰り返した人物ではあるが、大熊の場合は、学問の論理での再生であったのに対して、土田の場合は、短歌と人間とに支えられた再生であったといえる。

＊1　浦野敬（明治二六年―昭和四九年）　明治四五年東京高等商業学校入学、大正五年同卒業、神戸の湯浅商会入社。大正一三年名古屋市商業実務学校、尾張商業学校教員、大正一四年浜松商業学校、大正一五年長野商業学校、昭和七年飯田商業学校校長、昭和一一年県立佐賀商業学校長、昭和一五年県立佐賀商業学校長兼県立佐賀第二商業学校長、昭和一七年広島市立商業学校長。第一期・凍土社の時期は、長野商業学校教諭をしていた。『まるめら』には酒井栂檀「浦野敬先生のことなど」（四首）『まるめら』第二巻第三号、昭和三年三月、六頁、がある（酒井栂檀は酒井等と同一人物の可能性がある）。以後、

浦野の教え子は短歌を出詠していないようである。

＊2　梶川亨司、大正一一年小樽高等商業学校卒業、昭和一四年柏崎商業学校教頭、昭和一七年岐阜高等農林学校講師、戦後岐阜大学教授、英文学専攻。昭和三九年岐大退官後、中部女子短大教授などをつとめた。昭和四八年六月一一日没。『朝日新聞』岐阜版、昭和四八年六月一二日、朝刊一三面（編集者注：同記事では「梶川享司（ママ）」と表記されている）。

＊3　梶川亨司「土田秀雄君の生涯」『緑丘』全国版、第三九号、昭和三九年九月、三七頁。

＊4　土田秀雄「師と歌と」『随筆集　氷雪を越えて』崇文荘、昭和三三年、一四七―一四八頁。

＊5　前掲、梶川「土田秀雄君の生涯」三七頁。

＊6　同右。

＊7　前掲「著者年譜」『昭和の和歌問題』下巻、三八九頁。

＊8　前掲、土田『歌集　氷原』一四頁。

＊9　星野徳一郎「吃語」、『雄心』柏崎商業学校卒業四五周年記念誌非売品、昭和五二年、八九頁。

＊10　土田秀雄「柏崎の縮布行商」、前掲『随筆集　氷雪を越えて』、二〇八頁。

＊11　「著者略歴　明治三七年大分県日田市で生る　大正一二年福岡市立福岡商業学校卒業　同一五年国立山口高商卒業　同年新潟県立柏崎商業学校教諭　昭和三年福岡市立福岡商業学校教諭　同一〇年元満洲国際運輸株式会社入社（ハルピン・北京）　同二一年北京より引揚、郷里日田市に於て書店経営　同二七年台糖株式会社入社（大阪・神戸）　同三九年同社退社、その後二、三の会社に勤務　同五二年一

二月現在無職」石井公代『歌集　歴程』私家版、昭和五三年、二二四頁。但し、福岡市立福岡商業学校教諭の時期は、上野正澄編『福商六十年史』福岡市立福岡商業高等学校、昭和三四年、三一九頁の「旧職員名簿」によると、「昭和四年六月五日―昭和一三年」である。また、山口高等商業学校同窓会の鳳陽会によれば、石井公代は平成七年八月一一日に亡くなったようである。『鳳陽』第九六号、社団法人鳳陽会、平成八年一月一日、一一頁。

＊12　栃倉繁「落第生とその子ら」、前掲『雄心』、四二頁

＊13　石井公代が『まるめら』に掲載した原稿は以下のとおりである。第三巻第六号、第七巻第二号・第七号、第八巻第一号・第三号、前掲、柴田『まるめら目次　附・人名索引』著者索引。『まるめら』に掲載した「まるめら調」の一部の歌が、「正月三等車（和歌）」『学友会誌』第六五号、福岡商業学校学友会、昭和九年三月、三〇五―三〇七頁にも掲載されている。つまり、石井は、転任した学校の中でも土田・大熊の影響を受けていたことになる。

＊14　「通称・太市、その居を戯魚堂と称す。明治二十四年三月、桑山茂作の長男として生まれる。早稲田大に進学後、関東大震災の折に帰郷。当時珍しい高級文具店を開店し、多くの芸術家の成長を助勢した。棟方志功・北大路魯山人・堀口大学・會津八一等著名人との交流に関するエピソードは多い。人呼んで戯魚堂は駅前旅館と称された。戦後は特定局柏崎駅前郵便局長を精勤。新潟県民俗芸能史研究に残した足跡は大きく、その関係資料の蒐集でも知られた。茶の湯をはじめ諸芸に関心を寄せた人物らしく、心のゆとりを覚える淡雅な筆致の書画を残したが、数はそう多くない。昭和五十三年（一九七八）五月

急逝、享年八十八。」岡村浩著、柏崎ゆかりの文人展実行委員会編・発行『柏崎文人山脈』平成一一年、一八七頁。

＊15 前掲、土田「柏崎の縮布行商」、二一〇—二一一頁。「花田屋吉田正太郎氏を紹介してくれたのも戯魚堂さんであつた」とも書いている。「戯魚堂文庫」と称された貴重な蔵書は、昭和六三年に柏崎市立図書館に一括寄贈された。

＊16 「杜翁記念の会」『越後タイムス』昭和三年九月九日、二面。

＊17 「洲崎義郎（一八八八—一九七四）大正—昭和時代の政治家、教育者。明治二一年一二月二五日生まれ。大正七年新潟県刈羽郡比角（ひすみ）村長となる。比角小学校で青年教師を通して自由教育を実践し、青年団活動をすすめる。昭和五年柏崎体育連盟会長、新潟県体育協会副会長となる。二六年柏崎市長。昭和四九年四月一日死去。八五歳。新潟県出身。早大卒。」上田正昭他監修『講談社日本人名大辞典』講談社、平成一三年、一〇二六頁。

＊18 「各部報」『校友会雑誌』第一五号、柏崎商業学校、昭和三年一二月、五頁。

＊19 中村葉月「トルストイの矛盾（一）」『越後タイムス』昭和三年九月九日、五面。

＊20 中村葉月「越後タイムス四五年年譜」、前掲『葉月艸紙』一五三頁。

＊21 「柏商校々友会がト翁百年記念の文芸座談会を明六日大熊氏外数氏を迎へて」『柏崎日報』昭和三年九月五日、二面。

＊22 「初めて思想・宗教書に手をつける。聖書・論語・仏典・カーライル・エマスン・ショウペンハウ

エル・トルストイ・クロポトキンを読む。トルストイの影響は菜食主義者にしかねないほどであった。」前掲「著者年譜」『昭和の和歌問題』下巻、三八八頁、大正四年の項。

＊23　前掲、土田「新しき技術理論を求めよ」二頁。

＊24　「同人土田秀雄は六月高岡に大熊を訪問し、七月中北海道根室に帰省する」「編輯言」『まるめら』第二巻第八号、昭和三年八月、六頁。

＊25　土田（北里徹）、石井公代（玉井純）、岡田昇、村山清盆、本田英太郎、権田賓、鈴木利一、三井田久平、野澤民治、三井田一意、郡司公平、神林榮一、千原隆次、伊藤義英、飯尾聰、桑原恒一郎、中村友秀、前川三郎、庭野文吉、杵淵千代平、歌代亥三男、山田秀男、山賀章治、小山善次郎、高木傳一郎、品川博一、高橋信行、高橋松太郎である。土田、石井、岡田は教員である。一七回生は三人、一八回生は一七人、一九回生〇人、二〇回生三人である。つまり、教員三人と卒業生二人と在校生が、第一期の凍土社の同人であったといえる。

＊26　平成二四年一一月三日に、凍土社同人であった高橋源治氏のご子息の信彦氏宅にて発見した。B4.で六枚の部活動関係のプリント一枚と「歌会プリント」NO.1―NO.5であった。

＊27　『校友会雑誌』第十六号（二〇周年記念号）、柏崎商業学校、昭和五年、二五四―二五五頁。

＊28　「仲田大二（なかた　だいじ）大正二年（一九一三）、中頸城郡八千浦村黒井に生まれた。昭和六年、高田師範学校第二部を卒業して教師となり、昭和三十八年には高田市立城北中学校校長となった。昭和四十六年に退職してから越後瞽女をテーマに画道に専念し、昭和四十九年に一水会展に入選、昭和六十

一年に日展に入選、翌昭和六十二年には一水会会員に推挙された。平成四年（一九九二）四月十五日、七十九歳で没した。」荒木常能編『越佐書画名鑑　第二版』新潟県美術商組合、平成一四年、一四一頁。

＊29　前掲、土田『歌集　氷原』五八頁。

＊30　「石田善佐　いしだぜんさ　新聞社長、政治家。明治二十六年八月東頸城郡浦川原村顕聖寺石田皆次郎の長男として生まれた。大正六年早稲田大学政経科卒業、高田日報編集長、高田時事新聞社長、高田毎日新聞社長となり、大正十二年より高田市会議員四期、昭和二年九月県会議員に当選、十年九月、十四年九月にも当選した。昭和十七年四月三日の衆議院議員選挙に当選した。昭和十二年八月、朝鮮人のために内鮮協和温交会を創立し、会長として上越地方の朝鮮人の福祉をはかった。（石田氏談）」牧田利平編『越佐人物誌』上巻、野島出版、一九七二年、八九頁。

＊31　前掲、土田『歌集　氷原』、六二頁。

＊32　前掲『柏商同窓会員名簿　創立七五周年記念　母校のあゆみ・おもいで』四二頁。

＊33　土田秀雄「巻頭言」、新潟県立柏崎商業学校編・発行『御親閲拝受感激録』昭和一四年、七頁。

＊34　前掲『柏商同窓会員名簿　創立七五周年記念　母校のあゆみ・おもいで』四二頁

＊35　山田博、大正一三年二月三日生まれ。柏崎商業学校卒業、横浜高等商業学校卒業、東京商科大学卒業（高島善哉ゼミナール）。著作に『漂泊の日々――回想と瞑想と』私家版、平成六年、『ある戦中派の思想遍歴』私家版、平成二四年、等がある。柏崎で安政四年から続く「やまとめ」の会長。昭和一二年―一六年まで柏崎商業学校に在籍した。昭和一四年に柏崎商業学校長となった土田秀雄から知遇を受け

る。土田と高島は大塚金之助ゼミナールの同級生である。高島から「植木枝盛の様な人となれ」という教えを糧に、戦後家業を継いだ。その中で構築した「庶民論」に土田は関心を示した。

＊36 前掲、栃倉「土田秀雄と雄心会」三三頁。

＊37 山田博「柏崎商業の恩師の面影」、前掲『漂泊の日々――回想と瞑想と』、一〇三頁。

＊38 同右。

＊39 前掲、梶川「土田秀雄君の生涯」三八頁。

＊40 前掲『雄心』一二頁。

＊41 同右。

＊42 高橋源治「土田秀雄氏を偲ぶ」『越後タイムス』昭和三七年四月八日、一面。

＊43 最終的に土田は、口語短歌には戻らないが、文語非定型になる。その短歌は次の通りである。

古新聞折つて束ねる眼の前を蝿が一つぴきのろのろ飛び立つ
売り払おうと古新聞をたたむとき眼に入る活字ヌーベルバーグ
ひるがえる新聞を手に押さえつつ秋風は窓に立ちそめにける
日の丸の旗晴れやかな紙面あれば皇太子夫妻渡米の日なり
見落せし記事にてありき世に出でしそのかみの友の外遊の記事
新しきもの興るとも思おえず新聞の記事は日ごとに変れど
ひとときは記憶せしはずと思いつつ忘却の癖ようやく募る

南極の果てにて行方を失いし隊員の名を記憶にとどめつ
あるポーズとれる人らの写真ありその真実にそむけるむなしさ
　以上、『樹木』第一一巻第一号、昭和三六年一月、三一頁。
自記計の針とどまらず刻々と地殻沈みゆく記録に対す
防波堤の沈下危うし白浪のさわぐあたりを飛び立つ鴎
ゆか高くかさあげしたる倉庫内どこかに無気味な流れる水音
導流堤ありしあたりに標灯ひとつ沈み残りて深き渦潮
長く伸びた影ひいて歩む堀沿いに萩がひっそり花垂れている
青桐の葉の重なりに動きあり窓硝子にしぶく雨の幾すじ
見返れば大日原のつづら道あなたは白い手を振ってはるか
　以上、『樹木』第一一巻第二号、昭和三六年二月、三〇頁。
ひとときをヘッドライトにみとめしは光りに舞いて降りつぐ雪片
よびかける言葉もまろくこだまするこんもり深い雪の細道
雪面の照りまぶしくて放つ眼に空いっぱいの青い透明
大雪に手作りおきし鮭の鮨乏しくなりつ今宵節分
いささかの鮭の鮨をば嬉しみて酒汲みしならむか神林大人は
ふりすてよと言っても影は影あなたはいつまでも放そうとせぬ

以上、『樹木』第一一巻第三号、昭和三六年三月、七頁。

氷雪をさけ　温かき吉川父子二代　相伝うその情にぞ　やすらいて　つばさ休むる　白鳥の群れ

ここ草深き　瓢湖へと　来る年ごとに　数を増し　二百羽あまり　群れとなり　かの北風のきびしかる

はて知れぬ　シベリヤの奥　バイカルの　北のすみかを飛び立ちて　幾山河を　超え去りつ

返歌

帰りゆく時近からむ白鳥は空はるかなる北のすみかへ

東と西のかけ橋とこそ白鳥の真白きつばさ大に羽ばたけ

以上、『樹木』第一一巻第四号、昭和三六年四月、七頁。

仰げ夜空を　満天に　星はかかり　新月は　東に昇る　その月に　鎌うちかけ　旗ひらめかし　ついにソ連は　しつかりと　宇宙衛星の　覇業を遂げぬ　いま胸おののかせ　聞き入る電波　衛星の中にキー打つ　ガガーリンソ連人の　指先の感触の　ま近きおどろき

それなのに　地上はいまなお　闘争の　暗黒の闇　明けやらず　魑みもうりょうの跳りょうする　世をぞ嘆かん　天かける　想いはるかな　春こよい　桜もかすむ　国に住み居て

返歌

月よりの春風今宵吹き渡れ東も西も花ひといろに

以上、『樹木』第一一巻第五号、昭和三六年五月、七頁。

ひらひらとさくら花散る　花びらは　袖ひろぐれば袖の上に　手さし伸ぶれば　手のひらに　舞い来た

りては　ひえびえと　うなじに触るる　かなしさよ　あるか無きかの風に舞い　花の吹雪と　ときのまを　吹き過ぎてゆく　このあたり　細き流れに　浮びては　ひとすじ速き　水脈に乗り　いろ冴えざえと　水くぐり　波にさらさら　ひるがえり　よどみて花の渦となり　ワルツを舞うか　せせらぎの　リズムに波とたわむるる　楽しかりける　花の行方は

返歌

花のもと人影も無く樹がくれにひとすじ道は山に入〔ママ〕りたり

　以上、『樹木』第一一巻第六号、昭和三六年六月、七頁。

親潮の　はげしく渦を　巻くあたり　船影は無し　遥かなる　アキユリ島や　シボツ島　シコタン島へと　望遠鏡　合わせて追えば　島蔭に　かすかに見ゆる　構築物　国境監視の　守備隊か　あわれ戦火おさまりて　十有余年を　経たれども　海峡の波　安からず　出でて帰らぬ　船多く　漁業の　道を無暴にも　拒むものあり　還らざる　漁夫年毎に

数を増す　夫を憂い　子を待ちて　母の嘆きの　深かるを　平和はいまだ　訪れず　かかる想いに　耐えかねて　めがねを放し　さいはての　ノサップ岬の　高処より　道を戻りつ　屋根の上に　石のせし家の　あまたなる　貧しき漁夫の　村里へ歩み入りたり　村沿いの　砂浜干場の　人影は　黙しつ僅か

　移動する　女の作業　ひとりびとり　肩より曳きずる　長昆布　白き砂場に　敷きひろげし　昌〔ママ〕布いくすじの　縞模様　模様の中に移動する　孤影いくつか　いずれみな　昆布を曳きつつ　眼射は　沖に向えり　歯舞の浜

反歌

対岸まで歩いて行こう手を握ろう歯舞海峡海干せてしまえ

以上、『樹木』第一二巻第一号、昭和三七年一月、六―七頁。

雪降ると聞けば窓側へ寝返りて狭庭辺に降る雪を見入りつ

夜の更けを眠られぬままに聞きとめぬ実験動物の遠き啼声

慣れぬ手に妻が操作するわが胃液ガラス器の中に滴る音す

絶食に衰えし朝の目覚めにも生くる心地す小鳥を聞きつつ

病床ながら孫らに囲まれ還暦の翁となりぬる朝の清しさ

以上、『樹木』第一二巻第二号、昭和三七年二月、三二頁。

『樹木』には、土田の没後出詠されたと思われる歌が、第一二巻第六号、昭和三七年六月、に「故・土田秀雄」として八首掲載されている。土田が掲載を望んだ歌であったか不明なので省略した。

＊44　石井公代は、『越後タイムス』紙上で、土田に対して、幾度も追悼文を書いている。その中で最も印象的なのは、次の歌である。「土田秀雄は生きている　私の胸のなかには生きている　大阪と新潟に遠く離れているのが　もっけのさいわいだ　土田秀雄を想いだすと　私のすぐ眼の前でニッコリ笑う　垂れさがった上瞼（うわまぶた）の下の　象の目のような細い目で私を見つめながら　『オイ　ドウダイ　コノ歌ハドウ　思ウカイ』と言う　見れば変に節（ふし）くれだった歌なので　『コンナ歌ハ僕は嫌ダ』と答える　すると『ソンナラ　コレハドウダ』と　私の好きそうな歌を出す　そこで私がまいっていると　ニッコリ

笑って消えてしもう　が、又、土田秀雄を想うと　すぐ眼の前に現われて来る」石井公代「土田秀雄は生きている！」『越後タイムス』昭和三七年九月二日、四面。

第四章　歌誌『まるめら』における在地的展開
――凍土社と柏崎ペンクラブを巡って

一　問題の所在

歌人・大熊信行にとって、『まるめら』における短歌革新運動や和歌運動は、最も精力的な短歌活動の時期であった。大熊が主宰していた『まるめら』には、さまざまな階層の職業の人々が参加していた。[*1] 今の時点においても、どのような経歴や背景で『まるめら』に参加をしたのかが分らない同人も多数存在する。

その中で、集団として『まるめら』に参加をした若者達がいた。新潟県柏崎町の凍土社である。すでに述べたように、凍土社は、当初、大熊の小樽高等商業学校時代の学生であった土田秀雄が中心となり、柏崎商業学校の教諭・卒業生・学生達で活動した短歌グループであった。その後、昭和七年から、土田の指導を離れ、代表者数人が『まるめら』の同人となり、『まるめら』との関係を深めていった。昭和七年―昭和一一年頃が最も活動が華やかな時期であったが、その後は短歌活動をすることがなくなり、戦後は、殆ど省みられることはなくなった。そのような、凍土社のメンバーの中には、戦後、柏崎の文化発展にとってかけがえのない人材を輩出したのは事実である。

明治時代から続く、柏崎の地方紙の『越後タイムス』は、K・P・C（柏崎ペンクラブ）版という紙面を昭和一一年一一月一日から発行した。柏崎ペンクラブは昭和一一年一〇月六日に発足し、戦前と戦後に活動をしているが、凍土社同人と重なる同人も多数存在した。特に、本章において着目するのは、第一期・第二期の凍土社同人であった神林榮一[*2]・郡司公平[*3]・三井田一意[*4]・野澤民治[*5]である。彼らは、柏崎商業学校の同級生であったが、野澤は、昭和一一年四月六日に亡くなっている。この野澤の死が第二期の「凍土社」の終焉を迎える一つのきっかけであることは間違いないと考えられる。その後、『越後タイムス』K・P・C版には、『まるめら』に関係する記事が細々とではあるが、残っている。

本章においては、これまで、無視されがちであった凍土社の活動の断片を明らかにするとともに、大熊が主宰した歌誌『まるめら』の影響が、柏崎にどのようにあったのかを検証するものである。

凍土社に関する先行研究はすでに先述した通りである。柏崎ペンクラブに関しては、所属していた人々の思い出話などは『越後タイムス』に散見しているが、本格的な研究は存在していないと思われる。本章は、第二期の凍土社を中心として、関わった同人と『越後タイムス』のK・P・C版の記事を中心に考察する。

二　第一期凍土社から第二期凍土社へ

第一期凍土社から第二期凍土社に移行する時には、具体的には、二点の大きな出来事が起こったと指摘できる。

一点は、柏崎商業学校教諭の土田の転任である。昭和六年四月から直江津農商学校教頭として転任したのであるが、中間管理職としての異動であり、直江津から柏崎の教え子の歌の指導は直接できにくくなったと推察される。また、柏崎商業学校の学生にしても、就職・進学・見習いなどをするために、歌会をすることが容易でなかったという事情もあるだろう。

もう一点は、土田に代わって、歌会の指導者が三井田一意に変更したということである。本来、指導する土田のいなくなった歌会が、そのまま継続するのも不思議な話である。しかし、柏崎商業学校を卒業したての二〇代の若者達にしてみれば、大きな問題であったといえる。そのため、土田も編集に参加をしていた『まるめら』を教科書として、大熊の歌論に引き込まれていったということは容易に推察できるだろう。

『まるめら』に出詠した歌作数を凍土社のメンバーに限って挙げると、土田（七五首）、三井田（一二二首）、神林（六首）、野澤（二四首）、嶺田芳郎（山田英一）（一首）となり、土田以外では、三井田と野澤が群をぬいて多い事がわかる。野澤は『まるめら』の第三巻第六号（昭和四年六月）に短歌を二首出詠しており、『凍土社歌集』のあとがきも記述しているので、凍土社の中ではリーダー的な存在であったと考えられる。また、三井田も『まるめら』第四巻第六号（昭和五年六月）に歌作を一首出詠しており、同じ号に土田も歌作を出詠しているので、第一期凍土社の中で優秀な作品を『まるめら』に掲載させてもらったのだと思われる。その後、三井田は「この後の使命――短歌形態に関する一試論」『まるめら』第五巻第七号（昭和六年七月）という、土田以外の凍土社のメンバーの中で唯一の歌論を展開しており、『まるめら』で最も活躍した凍土社同人であったといえよう。

ただ、野澤と神林と山田が同人の住所録に掲載されているだけで、三井田は『まるめら』の会員ではなかった。土田の後に、凍土社を運営していたのが野澤で、歌い手として短歌活動を引っ張ったのは三井田であったといえる。その関係について次の指摘がある。

神林榮一〈中略〉僕が彼といふ存在を知つたのは十年前である。そのころ彼は柏崎商業学校の五年生で「マルメラ」の一族として文芸を親んでゐた。そして、その現実的なスタイルの中に、何か夢を棄てられない一群の浪漫主義者を凝視してゐた。その彼等のグループの中には郡司公平、山田英一、高橋信行、三井田一意などがゐた。中でも神林、三井田は群をぬいて光芒を放つてゐたやうに記憶してゐる。*6

この指摘は、柏崎ペンクラブの会員であり、新聞記者であった宮島義雄[*7]が書いた神林についての記述である。「何か夢を捨てられない」文学青年として神林を描いており、三井田も「群をぬいて」いるとして並列して描いている。山田英一[*8]は『まるめら』の同人で、高橋信行[*9]（源治）も凍土社の同人として参加している。

戦後に宮島が書いた凍土社についての記述は次の通りである。

> また高橋信行君（現源治氏）らが土田秀雄先生（柏商教諭）を中心に凍土社というサークルを持っていた。このグループは柏商在学時代からの仲間で、教育評論家で大学教授の歌人大熊信行氏の「マルメラ」の同人になっていた。高橋信行、神林栄一、山田英一氏らがその中心だった。また、いまの大地堂の社長栃倉繁氏が文芸紙（ママ）「大地」を刊行、彼得意のトウシャ印刷でかなり長期間全国的に同友を持っていた。私は彼に会って当時の「大地」を見せてほしいと言ったが一冊も残っていなかった。また貸し、また貸しで、合本にしたのまで失ったそうだ。若い時は総じて先のことなど考えていないものだ。惜しいと思う。〔中略〕「凍土社」には優秀歌人の野沢民治、三井田誠也（ママ）君らがいた。野沢君は早逝、三井田君は戦死したように思う。[*10]

この指摘をみると、戦前に書いた原稿と異なり、野澤が入っていることがわかる。また、三井田と野澤を優秀歌人として評価していることもわかる。また、土田の影響で、凍土社以外にも別の短歌グループが形成されていたことを指摘している。栃倉繁[*11]（茂）も第一期の凍土社の同人であったが、栃倉は文芸誌『大地』を創刊して、凍土社とは別の道を選んだ。この『大地』は、『まるめら』と同じく全国規模の会員を募った短歌グループであったが、プロレタリア詩・短歌の影響が強く、大熊がプロレタリア短歌に対する批判を強めたことが原因であったのかもしれないが、栃倉は『まるめら』には短歌を出詠はしなかった。第一期の土田のプロレタリア短歌の思想の影響を強く受けていたが、定型歌を軸としていたので、大熊の短歌革新運動とも相容れなかった。

このように、第一期の凍土社は、土田という指導者を失ったことで分裂をし、学生が自立した歌詠みとして出発することになった。

三　大熊と凍土社

すでに述べたように、大熊信行は昭和六年一〇月一五日に留学から帰国し、『まるめら』の編集をすることで紙面が変化した。長歌・ひら仮名で書く歌が増えた事やプロレタリア歌人を批判して紙面から遠ざけたことが指摘できる。昭和七年当時の大熊の短歌活動は、定型を崩すことであり、それは歌壇に対する批判であったともいえる。

凍土社の第二期は、大熊の歌論と三井田の歌論が『まるめら』紙上に掲載されて始まったといってよい。前述の『大地』も昭和五年一一月に創刊しており、土田が直江津農商学校に転任した昭和六年四月から、第一期の凍土社の分裂が始まった。その上で、第二期の凍土社で最も歌を詠んだと思われる三井田が、歌論を『まるめら』に投稿した。大熊は『短歌月刊』に「短歌的定量の発見」（第三巻第五号、昭和六年五月）と「短歌形態の二重性」（同第六号、同六月号）を発表しており、いよいよ外国留学から日本に戻ってくる時期であった。

昭和七年になると、三井田が柏崎に帰ってきた。三井田は、当時の『越後タイムス』主幹の中村葉月に手紙を送っており、それが記事に掲載されている。

まるめら同人遠藤久三郎氏への書簡がはしなくも問題となり大熊信行氏に対する批判のため集めた資料により勉強中のところ、不幸病ひにより中絶しましたがこれからしつかりまとめて発表したいと思つております。[*12]

三井田は、大熊を批判すると記述しているが、批判をしている資料は見つかっていない。むしろ、三井田は『まるめら』に接近を始めている。第一期の『凍土社歌集』では、短歌は定型であった。凍土社の第二期になっていくと、「凍土社短歌作品（上）」『越後タイムス』（昭和七年一一月二七日）には、原英雄・三井田一意の短歌が掲載されているが、その短歌は長歌であり、歌のほとんどがひら仮名である。三井田がもし大熊を批判するならば、この時点で、『越後タイムス』に批判的な記事を掲載するのが普通であるし、『まるめら』にも寄稿しないだろう。だが三井田は、『まるめら』第七巻第一号（昭和八年一月）に短歌一六首を掲載している事でもわかるように、凍土社の活動と『まるめら』の短歌の掲載が三井田一人限ってみても、時期的に連動していることがわかる。

昭和九年一月の『まるめら』に、大熊の「凍土社のこと」が掲載される。

> もう凍土社のことを書いてもいいときがきた。書いたらきっと、書くのがおそすぎたといって、読者から叱られるにきまってゐる。じつは、われわれの同志といふべき新結社が、柏崎を中心としてうまれ、すくすくとのびつつあるのだ。その勉強ぶりのたしかさは「まるめら」をして顔色なからしめると、いったところで、決していひすぎではない。すくなくとも「まるめら」の一部の出詠者は、凍土社の雰囲気にふれることによって、たちなほすべきではないかとさへ、わたしはおもふのである。凍土社がいつ生れ、いかなるひとびとによって構成されてゐるかを、わたしはつまびらかにしない。たゞ、短歌の伝統的定型をきりたほしたあとに吹きでた「文学」の芽ばへだといふことだけは、うたがひがたい。

その方向は、石原純、前田夕暮、土田杏村の三氏その他の自由律・新短歌などとは、およそ縁どほいものである。わたしは凍土社から「歌会プリント」といふものを、毎月（ときには月二回）おくられて、その作風を見まもってゐるのだが、歌作および歌会を中心にしてゐて、雑誌発行を敢てくはだてないといふところにも、尋常の歌の結社とは異なる一種のたくましさがあるとおもってゐるのである。「まるめら」同人は、よろしく凍土社の作品を研究すべきであり、凍土社同人の文学態度にまなぶべきである。つぎに、同社の最近の「十二月十七日歌会プリント」から、いくつかの作品をひろひあげて、最初の紹介をこころみることとする。[*13]

この記事から、大熊が凍土社について高い評価をしていることがわかる。特に、「短歌の伝統的定型」を切りくずしたという指摘は、『まるめら』の歌論と同じであるし、凍土社の歴史についても大熊は理解していた事がわかる。この記事から、凍土社が「歌会プリント」というものを発行していたことがわかる。この記事で大熊は、昭和八年一二月一七日の「歌会プリント」から、「神林榮一」、「ひさのぶ」、「嶺田芳郎」（山田英二）、「野澤民治」の歌を引用して紹介している。この「ひさのぶ」という人物は不明である。嶺田芳郎は、柏崎商業学校の神林の一つ上の先輩である。このように、大熊は、凍土社を評価し、その記事を昭和九年一月に掲載したのである。

この二カ月後の『まるめら』に、凍土社同人の石井公代が次の歌を出詠している。

大熊先生の『凍土社のこと』を読んで

「凍土社のこと」をみた野澤は　じっと　すわりこんで　なんどもなんども　よみなほしてゐるにちがいない、神林は　まるめら　ふところにいれて　ゆきのまちなかを　はしりまはってゐるだらう。

こゝまで　きづきあげた　うたの世界　たれが　これを　二十歳をわづかこえたわかものの　かたてのゆびのかずにもひとしい　あつまりと　おもふか。*14

この歌を出詠した石井公代は土田の同僚であるが、昭和五年には、柏崎商業学校から転任しており、柏崎に居住していないので、「ちがいない」・「ゐるだらう」という、憶測的な表現になっているのだろう。『まるめら』に凍土社のメンバーがその後も歌を出詠していることをみると、石井のこの指摘は、間違いではないだろう。よって、野澤と神林の二人が中心となって、第二期・凍土社が運営されていたことがわかる。

四　凍土社の休止と柏崎ペンクラブの成立

『越後タイムス』紙上に、「僕等のグループ」というコーナーが昭和一〇年八月一一日から始まった。第一回の長橋流葉史の「野人暮らし」から始まり、第二四回の中村葉月「門戸開放主義柏崎歌会」で終わっている。昭和一〇年前後の柏崎における多彩なグループの紹介記事といえる。その中の記事で、短歌グループについて書かれている記事が四回あり、第三回に凍土社、第一〇回に水音短歌会、第一二回に大地、第二四回に柏崎歌会が記事を出している。つまり、四つの短歌のグループが存在しており、そのグループに属している人の代表者が記事を執筆している。勿論、当時の全ての柏崎の短歌グループが『越後タイムス』に寄稿したわけではないと思われるが、一つの指標になると考えられる。

神林が書いた凍土社の記事では次のように述べられている。

昭和七年十一月　ふたたび　われわれが　つどひを　もつことと　して　から　もはや
みとせ　ちかくに　なる。〔中略〕
いのちを　かけて　あらそう　ものは　ふたつ　ある。

ひとつは　やまとことば　で　ある。〔中略〕
われわれが　よみ　かたりあふとき　けつして　からくに　の　ことばの　おせわ　に
ならずとも　やまとことばで　できる。
このところに　おもひおよぼすのである。
つぎに　のこされた　ひとつはなにか。
いままで　三十一音型のうたが　つづけられたのは　かんがへかたに　よつては　おか
しくは　ない。しかし　万葉の　ころから　われわれの　ころ　までの　ことばの　うつ
りかはりが　その　うたの　かたちに　あらはれぬ　といふことは　うなづけない。〔中略〕
すなはち　うたは　つくりあげる　くみたてるべきもの　では　なくて　生活の　なが
れであり　生活を　うたふのではなく　生活が　うたふもの　で　ある。*15

神林は、凍土社について、やまとことばを重視することと、三一音型についての再検討を検討していると述べている。この記事の中には、昭和七年一一月に凍土社を再開したことについても触れられている。一方、水音短歌会の尾崎文彦は次のように述べている。

我々はあくまでも三十一音を基本とする定型に自己の全生命を投影せんとする作歌態度をもつて精進してゐるのである。故に自慰的乃至遊戯的な態度はあくまでも排撃し、地味

ではあるかも知れないが終始短歌本来の目的に突進せんとしてゐるものである。
現在我々のグループは少数ではあるが、皆熱心なる短歌作者である。*16

これは、神林の書いた凍土社の記事に対する完全な批判といってもよいくらい厳しい言葉である。「かんがへかたに　よつては　おかしくは　ない」という神林の指摘に対して、定型に全生命をかけるという意気込みが述べられているのである。

『大地』の紹介は次のとおりである。

短歌中心となつた『大地』は、それから休刊迄の間短歌の表現技巧の練磨に明け暮れてゐた。先にプロ詩を捨てたと云つたが、短歌にもマルクス思想の影響はあつたが、此方は旧定型を主張してゐたので比較的弱く半意識的な放棄であった丈にどうやら歌道精神の研究と云ふことで落ち着くかに見えた。*17

「大地」はその後、復刊したかわからないが、少なくとも休刊する前の『大地』は定型であったことを告白している。最後に、もっとも歴史が深く、『越後タイムス』と関係の深かった柏崎歌会の紹介は次のとおりである。

柏崎歌会といつても別に会員組織ではなく、来る者は拒まずといふ門戸開放主義だが、月々顔を合せる定連といふものがいつか自然と決つた形になつた。〔中略〕新しい若い歌人は柏崎にもまだ沢山居らるゝ事と思ふが、而して新人の参加は大いに歓迎してゐるのだが吾々始め、歳とつた老人連中が多いので毛嫌ひしてか、遠慮してか余り出席がない。〔中略〕国文学者は多いが、歌論を戦はせる人が誠に少い、歌論なき処に作家の進歩は期待し難い。歌会同人の詠草が十年一日の如く進歩しないといはれるのも、同人中に歌道に対する論客が少い為めではないかと、此の点いさゝか遺憾に思つてゐる。[*18]

つまり柏崎歌会には、若い人がほとんどこないという指摘と、歌論を述べる人が少ないと嘆いているのである。柏崎歌会は文語定型歌が殆どで、門戸開放主義といっても限界があったと考えられる。勿論、凍土社にも『越後タイムス』紙面に「僕等のグループ」というコーナーを設けて、第三回目に書かせるという事はしているが、それにしても、凍土社以外の短歌グループが定型短歌であったことは、柏崎の短歌歌壇が保守的であったことは確かであろう。『越後タイムス』紙上では、凍土社に対する批判も起こっている。

中でも滑稽なのは凍土社の方々である。彼等は彼等の主張?もあるのであらうが、小学生の童謡程度の未熟なもの（と云つては甚だ失礼ですが……）を、それも仮名ばかりで書き立て丶読みよいものまで、ごつ〳〵と区切りをつけて、いやリズムがどうだの句読点がどうだのと枝葉の事ばかりを喋々してゐるのだ。（ちと悪口が過ぎる様ですが）その童謡とも詩ともつかないものに短歌といふ名称を冠して、得々たるところ普通人にはとてもその心理がわからない。「まるめら」を信奉するこの方々にはそれはそれでよいのかも知れないけれど。[*19]

かなり辛辣な記事である。この記事に対して、凍土社同人の神林は、「凍土社の云い分」（昭和一〇年一月一日、其三、三面）、「補佐人教育――飛鳥野へ」（昭和一〇年九月八日、六面）で、この記事を書いた飛鳥野俊彦に対して反批判を行っている。また、凍土社同人の一人であった江澤與志は、次の言葉を残している。

それから、或る人が、或る日、凍土社の歌会にお出なされた、のはいいが、それから、日ならず「凍土社の歌は、どうもイデオロギー的で」と云ふ様な事を語つて居られたと云ふ、そして、それを聞いた次の人が訳も何も知らず、まして凍土社の歌を読んでも見ず、凍土社の歌は、イデオロギー的だから社会の反動が大きいのだ――と。[*20]

この記事は、神林と飛鳥野との論争の最中に掲載されたものである。この時期の柏崎の中での凍土社に対する雰囲気がよくわかる。それは、「イデオロギー的である」という理由で、凍土社を受け入れていかない様子が、柏崎にはあったという事である。第二期の凍土社になると、長歌やひら仮名で作られる短歌が増えていったため、飛鳥野を初めとする定型論者や越後タイムス社の編集に携わる人々の中にも、批判的な人々が増えたと考えられる。

その後も、批判の応酬があり、飛鳥野は「若き歌人に贈るの書」（昭和一〇年九月一日）、「再度歌人に贈るの書」（昭和一〇年九月一五日）を執筆し、さらに厳しい批判を行った。しかし、その主張のほとんどが、『まるめら』の同人の歌作・歌論を把握した上での批判ではない。論争というより、定型で何が問題なのだという観念論で短歌を捉えていることがよくわかる。

また、その後、土田の文語定型歌が『越後タイムス』紙上で掲載される。[21] この記事によって、凍土社は柏崎の中での居場所を失ったのではないかと考えられる。その後、三井田は次の指摘をしている。

> はしかき。このふみを　定型歌人の批判のまへに　さゝぐるとともに、とくに　論想のをはりをまつて、執筆の動機をつくつてくれた　飛鳥野俊彦なるひとの　こたへをもとむる。[22]

この記事は一回限りのものであり、結果的には、この記事を最後に飛鳥野との論争は『越後タイムス』では打ち切られたといってよいだろう。さらに、野澤民治が四月六日に亡くなった。野澤は、凍土社にとってかけがえのない人物であった。その野澤が当時の状況を次の歌で『まるめら』で表現している。

ほっといてくれ、百人の嘲笑がなんだ　千人の悪罵がなんだ、おれはいま　こいつのためにほかのこと　かまっちゃをられん、とても　くるしんでゐるんだ　とても　いそがしいんだ、そっとしといてくれ。[*23]

この歌が掲載された昭和一一年は、柏崎の中で論争が行われており、その渦中にいた野澤は、「百人の聴衆・千人の悪罵」を柏崎の歌人グループに言われていたのかもしれない。この歌が掲載された数カ月後に野澤は亡くなる。『まるめら』にも、「野澤民治遺作集」が掲載されており、その前の頁には、むめざはひでしが、「「凍土」にのった同志民治の遺作二百十七首くりかへしよみかへして[*24]」という表題で追悼の歌を掲載している。「凍土」という雑誌が、「歌会プリント」なのかどうかはわからないが、二一七首という歌作の数は非常に多く、三井田などと競い合いながら歌を作っていたのだろうと思われる。この野澤の死が凍土社に深いダメージを与えたことは間違いないだろう。

その後、大熊が柏崎に来訪して、凍土社の建て直しが図られたように外在的にはみられるが、中心メンバーであった神林は、『越後タイムス』中で次の指摘を受けている（資料8）。

聞けば広範囲の読書家であるそうな。手あたり次第に読むのであらうから聊か咀嚼の度合が心配になる、が青年にあり勝ちな知識にてらう処をみせないのは、彼たる者亦相当な人物である事を思はせる。以前歌の結社凍土社にとぢ籠り、気鋭な論を吐いたが、最近圭角のとれた円満さをみせてゐる。[*25]

資料８　大島吉之介「彼氏の横顔リレー　神林榮一論」『越後タイムス』昭和一二年一月一七日、四面（K・P・C特輯版）。

この記事は、昭和一二年一月の記事であるが、神林が、結社凍土社に籠もるのをやめたという指摘をしている。また、神林は「北川省一論」で次のように述べている。

私はここでもう一つ彼のスケッチをお目にかけたい。それは冒頭に書いた凍土社同人との会話の時なのである。大体こんな風に述べた―自分は今凍土社がひらがなばつかりでながながと、何故こんな歌を作るのかは知らない。しかしこれは三十一文字のうたよりもよいと思ふ。だがそこでうたつてゐる精神は肯定できんぞ。うん、これは駄目だね。それで、今手元にある雑誌のうちにプーシユキンの詩があるから、それをよんでやる。うん、実は俺が二つ三つ作つて見本を示そうと思つて作つたんだ。しかるにだ皆君達の作つたやうなものばかりなんで見本にはならん。と云ふのである。ここでは自分に如何なものが作れるかと云ふ事よりも、自分の信じてゐる真理への傾倒を示してゐるのである。[*26]

この神林の北川に対する指摘は、北川の信念を評価しているのは勿論だが、その比較として、凍土社の歌作にたいして疑問を投げかけている。特に、「うたつてゐる精神は肯定できんぞ」という事を否定しない神林は、明らかに前述した文章を書いた時期とは変化していることが読み取れる。昭和一二年には、三井田も満鉄に入社して、優秀歌人の二人が凍土社を去ってしまった。このような状況の中で、第二期・凍土社は、開店休業状態になった。

五　K・P・C（柏崎ペンクラブ）における『まるめら』の受容

『越後タイムス』の昭和一一年一一月に、K・P・C版（柏崎ペンクラブ版）が新設した。この柏崎ペンクラブは、『越後タイムス』に紙面を毎号二頁もらい会員の作品を特集した。

柏崎ペンクラブの会員であり、凍土社の同人であった高橋源治は、戦後に柏崎ペンクラブについて次の指摘をしている。

ペンクラブは、中村さんの柏崎ヤングジェネレーションへの呼びかけによって発足した。これは、おそらく西巻進四郎さんとはかられてのことだったのであろうが、柏崎文化の受けつぎ方を、趣味的なものから、もっと広い社会性をもった文化に昇華させようという狙い、そして将来の柏崎文化の発展を考えられ、期待されて、ネクストジェネレーションに声をかけられたものであろうと思う。示唆したのは西巻さんだったろうが、実際の運営面で面倒見たり、批評し、激励して下さったのは中村葉月さんであり、タイムス紙面にKPC（柏崎ペンクラブ）版が生れ、紙面だけでなく、やがて野外劇や吹奏楽運動のバックアップになり、いろいろな方面に発展していった。

ＫＰＣの中で育っていったメンバーは沢山いる。藤田敬爾、岡塚亮一、北川省一、田村宗雄、近藤禄郎、大島吉之介、神林栄一、山田英一、萩野秀雄、渡辺廉造…の諸君で、山田竜（ママ）雄君や私は最も若年の仲間であった。[*27]

この中には、凍土社のメンバーとして、神林榮一・山田英一・渡辺廉造[*28]などが重複していたのである。また、この柏崎ペンクラブは、凍土社のように柏崎商業学校の卒業生が中心となっていたのではなくて、当時の青年達が文学・芸能を語り合うために、出身校の枠組みをこえて、柏崎の文化向上のために、集まったといってよいだろう。この柏崎ペンクラブの会員の中の代表格であった藤田敬爾が次のように述べている。

> 二人のたむろするこの一角と西巻経営の「喫茶タカラ」とがペンクラブの運動の策源地となる。ペンクラブは次第に成長し会員数も増して、いつかタイムスに会員氏名を掲げたときには七十四名を数えた。アイデアマンと口の達者なのが多くて、大変活発なグループになった。とにも角にも柏崎の文化を背負って起つのだという、青年らしい意気込みは旺んであった。[*29]

柏崎ペンクラブの会員である青年達が七四名を数え、大きな人的交流が行われていたことがわかる。その上で、凍土社が開店休業状態となり、歌会が機能しなくなった後も、このK・P・C版の中で、何度となく『まるめら』に関係することが紙面にでてきている。例えば、昭和一二年の『越後タイムス』に郡司公平の次の記述がある。

読書が社会の大衆にとつて決して生やさしいものでない事を、大熊信行先生は「まゆねにしわをよせて、こまかい活字をひろつて、あたまのなかに具体的な世界をゑがかなければ到底はじまらない…」と指摘し、「手もちぶさたであるべき汽車のたびで本を読むことよりもぼんやりすはつてゐることをえらぶ乗客がいかに大多数であるか」と書いてゐられる。

〔中略〕

日本に於ては、日本語の改革は日本国民の手によつて、「やまとことば」運動となつて文字と用語の平明化を目的とされ、着々と進められて行く。（詳しくは「まるめら」を御覧願ひたい）[*30]

この記事を書いた郡司は、凍土社のメンバーで、戦前期の柏崎ペンクラブの主要メンバーであった。この大熊の文章は、『文学のための経済学』からの引用であった。[*31]引用部は決して、この本の主要テーマの話ではない。文章を引用することは、逆にいえば、『文学のための経済学』を丹念に読んでいたことでもあるし、「やまとことば」の運動というのも、『まるめら』を御覧下さいという表現も、『まるめら』を読んでいなければ書けないことであった。

郡司は、昭和八年から、「趣味の古本屋　北星堂書店」という古本屋を営んでおり、学生達の参考書・辞書から文学の難しい本まで多種多様な本を取り扱っていた。K・P・C版には広告欄に、新書に関しては「尚文館書店」、古本に関しては「北星堂書店」が掲載されていた。「北星堂書店」の初期の広告には、文学作品が多かった。これは、凍土社で短歌活動をしていたことにも関係があるだろうが、『まるめら』の同人の住所録には郡司は一度も入っていないし、三井田のように、『まるめら』の住所録に名前がなくても、歌作をだし続けているという事でもなかった。どちらかといえば、郡司自身は、本が好きで柏崎の町の人々や、柏崎ペンクラブの会員に本を読むことを提案したいと考えていたと思われる。店名の前に、「趣味の古本屋」と書かれているとおり、儲け度外視で本を売っていたようである。[*32] その郡司の「北星堂書店」の広告欄で、昭和一三年頃から、このような本を売っていたことがわかる。

★古本屋の棚★　古本断然高価買入
★註文殺到に付き特別高価に頂戴致します。乞御照会
法律に於ける階級闘争（改造社）平野義太郎　日本資本主義社会の機構（岩波）平野義太郎　史的唯物論と法律（白揚社）平野義太郎　日本資本主義分析（岩波）山田盛太郎　資本論註解四冊（改造社）山田盛太郎　淡徳三郎　唯物弁証法読本（中央公論社）大森義太郎　唯物史観　経済学全集（改造社）大森義太郎　まてりありすむみりたんす（改造社）大森義太郎　史

的唯物論（改造社）大森義太郎　日本資本主義発達史（岩波）野呂榮太郎　日本産業の構成（白揚社）小林良正　法と宗教と社会生活（改造社）田中耕太郎　農村問題入門（中央公論社）猪俣津南雄　資本論入門改訂版（改造社）河上肇　マルクス資本論　改造社経済学全集　マルクスエンゲルス全集　岩波日本資本主義発達史講座〔中略〕☆マルクスエンゲルス全集28 29 30巻別巻大至急御通知下されたし*33

これをみると、当時の社会主義の本が目白押しになっており、よく、昭和一三年のこの時期に、このような広告を掲載したと驚かされる。上記の本の中には、講座派・労農派の本が含まれており、当時としては大変な勇気が必要とされたと考えられる。新書の「尚文堂書店」には、こういった社会主義の本は一冊も掲載されてはいない。この態度は、昭和一三年当時の大熊と同じように考えていたと考えられる。大熊は次の指摘をしている。

国家的に不利――マルクス本の絶版

□……マルクス主義の本が、こんど「岩波文庫」と「改造文庫」とから、一斉に、絶版に付されることとなつた。〔中略〕

□……かういふ風に、一系列の思想本は絶版に付すといふやり方は、つつしんでほしいものである。絶対に害でないような思想は絶無であつて、害をもたぬといふ思想からは、創造の力をひき出すことも亦できないであらう。マルクス主義思想は困るにしても、これを胚胎せしめた資本主義の害悪はわれわれのまへに存在してゐる。資本主義の害悪をいかにして除去してゆくか、といふ課題にとつて、この有害の本から、大いに有益のものを抽き出すことが、可能のはずである。絶版によつてどうなるものでもなからう。〔中略〕（ＡＢＣ）[*34]

大熊は、自分の実名をだしてはいないが、マルクス本を絶版にすることに反対している。勿論、この記事を郡司が読んでいた可能性は低いが、郡司が昭和一三年に、凍土社でさえも「イデオロギー的」と批判された柏崎という町の中で、イデオロギーの強い本を売買していたと考えられる。また、凍土社の同人の渡辺廉造は、楽器店であり、書店を営んでいた。渡辺は、『まるめら』には一首も投稿していないが、第二期の凍土社には所属していた。このように、郡司・渡辺のように、『まるめら』に歌作を発表していないが、『まるめら』から強い影響を受けていた人物がいたのである。Ｋ・Ｐ・Ｃ版に次の記事が掲載されている。

人　生れ　よろこび　かなしみ　いかり　あきらめの　世の　すがた　すばらしい　わ
ざ　もて　ゐがえた　バッハ　老いて　めしひて　ペン　擱（お）いた　とはに　をはらぬ　小（こ）
節（ぶし）から　つきぬ　涙がわく

これは「まるめら」の廣田美須々といふ人が作つたクンスト・デル・フーゲと附題され

た和歌である。五七五七七といった所謂定型歌ではなく、又七五調五七調ともかけ離れたものであることは御覧の通りだ。〔中略〕歌の優劣は姿ではなく、如何にいのちが脈打つてゐるかといふ点にあるのだ。そして此のいのちを如何に理解し、表現するかに依つて作曲の優劣は決るものと思ふ。（七五調五七調といった格調が、絶対的のものと見る考へ方はもう改めねばならぬ）[*35]

この記事を書いたのは、灰野十九郎という人物であったが、『越後タイムス』には、二回しか記事を掲載しておらず、おそらくペンネームであったと思われる。このような、ペンネームを使ってまでも、『越後タイムス』に『まるめら』関連の記事を掲載したかったのであり、音楽と短歌を結びつけていることがわかる。また、この廣田の作品に関して、凍土社の同人であり、『まるめら』の同人であった山田英一が、『まるめら』に「凍土社から」という文章を書いている。

廣田美須々歌集で廣田さんのおうたが作曲されてあると知り、すぐ廣田さんにおねがひして曲譜をおくっていたゞきました。廣田さんのおきもちがよくあらはれてゐるやうにおもひました。[*36]

山田英一は、『まるめら』には「歌会プリント」の一首が転載されているだけで、『まるめら』

ではほとんど活動をしていない。「凍土社から」という一文を書いて、『まるめら』から自然にいなくなってしまったという感じである。音楽の中で『まるめら』と関係を持つことを模索しており、もしかしたら、「灰野十九郎」というのは山田英一かもしれないが、裏付ける資料は今のところ見つかっていない。

ただこれは、凍土社が定型論者に批判された柏崎歌壇に対する、ささやかな抵抗だろうと思われるし、凍土社が休止しようとも、『まるめら』の影響が持続しているともいえる。また、郡司は、凍土社が休止された後も、「まるめら調」の歌を作り続け、K・P・C版に出詠していたことがわかる。[*37]「郡司公平」と「つかさきみひら」という二つの名義を使いながら、細々とではあるが、ひら仮名で「やまとことば」を最後まで使い続けた人物がいただけでも驚くべきことであるし、大熊の歌論には当時の若者を巻き込むだけの力があったのだといえる。

六　おわりに

第二期凍土社は、昭和七年から昭和一一年まで精力的に活動したが、野澤の死と三井田の満鉄入社により、歌会としては、消滅していった。歌作を大量に歌い続けた歌人二人がいなくなったのでは、歌会として運営上厳しかったと考えられる。

但し、「柏崎ペンクラブ」に移っていった凍土社同人の一部が、『まるめら』との関係を断ち切らず、大熊の本を読み、「まるめら調」の歌を個人的に読んでいった。「柏崎ペンクラブ」は、文化活動が盛んになり、その一系譜として、『まるめら』の影響が残ったと考えてよい。「柏崎ペンクラブ」は戦後に復活するが、郡司公平は参加せずに、「まるめら調」の歌は掲載されることはなかった。それにしても、非定型の歌を短い間ではあったが、柏崎の中で同人たちが歌い続けていたのは事実である。郡司は大熊の読書論に興味をもっており、山田英一は、音楽で『まるめら』に近付こうとしていたのである。本章では、これまで殆どわからなかった第二期の凍土社の柏崎での軌跡をおうとともに、柏崎の短歌革新運動・和歌運動の一端を考察できたといえる。

＊1　「『まるめら』の仲間たちには、大学の先生も、小学校の先生も、サラリーマンも労働者も、農夫も店員も学生もダンサーもいました。当代一流の論客が下手な歌をのせれば、土方や炭坑夫がすばらしい歌をかくというありさまで、そこにはさまざまな階層の、さまざまな職業の、さまざまな歌があったわけですが、みんな自分自身の日常生活の現実が心にうったえてくる感動のリズムを、そのまま自分達の日常語で表現するのが歌である。正確にいえば生活をうたうというより生活が歌うというのが自分たちの歌であるという点でみんな一致していました。」梅沢秀司「付論　大熊信行と歌誌『まるめら』」、『同人歌集まるめら』復刻版、論創社、昭和五三年、二五九頁。

＊2　神林榮一（明治四四年四月一七日―昭和六〇年三月二九日）凍土社同人、まるめら同人、戦前・戦

後の柏崎ペンクラブ会員。『まるめら』には第八巻第一号、第一〇巻第九号、第一二巻第五号・第六号、に原稿掲載。前掲、柴田『まるめら目次　附・人名索引』著者索引。「神林榮一　本名同じ　明治四十四年現住所柏崎町本町四丁目に生る、柏崎商業学校卒、牛豚肉商「凍土社」同人、趣味読書音楽映画。」、「執筆者リスト」『越後タイムス』昭和一二年一月二四日、五面。

＊3　郡司公平（明治四五年二月二九日―平成五年一月七日）拓殖大学卒、北星堂書店店主、凍土社同人。戦前の柏崎ペンクラブ会員。戦後は郡司洋裁学院所属。

＊4　三井田の経歴は第一章の注35、36を参照。

＊5　野澤民治（生年月日不明―昭和一一年四月六日）凍土社同人、まるめら同人。越後タイムス社に勤めた経験もある。『まるめら』には第三巻第六号、第八巻第一号、第九巻第七号、第一〇巻第一号・第一〇号に原稿掲載。前掲、柴田『まるめら目次　附・人名索引』著者索引。

＊6　宮島義雄「二つの横顔」『越後タイムス』昭和一四年四月一六日、四面。

＊7　「大正十一年柏崎小学校高等科修業柏崎日報社給仕。のち明治屋大阪支店に勤務。その間賀川豊彦の消費組合運動、大山郁夫の労農党運動に参加。二十一歳柏崎日々新聞記者となる。その後越後日々新聞、新潟新聞支局長、北越往来主幹、柏崎新聞編集長を経て、昭和十五年戦時新聞統廃合により長岡市に創立した「新潟県中央新聞」（現新潟日報支社）編集に転ず。大政賛成(ママ)会の発足により刈羽郡支部（内藤久一朗支部長）主事となる。同二十年四月翼賛会改組、大日本義勇隊（新潟県本部長内藤久一郎）となる。五月、兵として招集され熊本市に駐屯する同年八月終戦。戦病。帰還後石地町にて開墾生活を

するその間小学校助教諭二年。同二十四年柏崎市教育課、委員会社会教育係長兼中央公民館主事として勤務。同三十年柏崎日報社に入社、夕刊制専売所「柏洋社」を創業。同四十五年退職。」宮島義雄「私の履歴書」『道程ひとり』柏崎日報社、昭和五〇年。平成六年四月二九日に死去。

＊8　山田英一（明治四四年三月一〇日—昭和三九年八月）第二期凍土社同人、戦前の柏崎ペンクラブ会員、縮商に端を発する茶商「山治（やまじ）」店主、平成元年に廃業。「嶺田芳郎　本名山田英一、明治四十四年柏崎町本町四丁目に生る、柏崎商業学校卒、「凍土社」「室内楽協会」同人、職業茶、瀬戸物商、趣味、音楽。」、「執筆者リスト」『越後タイムス』昭和一二年二月七日、五面。

＊9　高橋源治（大正三年一月二六日—平成二〇年六月一一日）凍土社同人、戦前・戦後柏崎ペンクラブ会員、雄心会会員。「高橋信行　本名同じ　大正三年柏崎町本町三丁目に生る、柏崎商業學校卒、「凍土社」同人、職業自転業、趣味読書、音楽、映画」、「執筆者リスト」『越後タイムス』昭和一二年一月二四日、五面。

＊10　宮島義雄『わが80年の歩み——或る地方記者の回想など…』私家版、平成元年、四四—四五頁。

＊11　栃倉茂（大正二年二月十八日—平成七年三月一〇日）第一期・凍土社同人、「大地」主宰。「本名、繁。新潟県立柏崎商業学校卒業。職業、漆器仏壇業、「大地」を経営す。土田秀雄氏を師教す。家族四人あり。」『短歌月刊』第四巻第一号、昭和六年一月、一四頁。印刷業を営んでおり、高橋信行（源治）と同級生で『雄心会報』を作成する。『大地』は、昭和五年—昭和九年六月まで発行した全国規模の文芸誌で、プロレタリア詩などを掲載しており、マルクス主義思想に影響されていたようである。昭和九

年の第五巻第一号―第五号までは、栃倉氏の御遺族の元で確認できたが、それ以外は未見であり、全体像はわからないままである。

＊12　三井田一意「消息」『越後タイムス』昭和七年九月十一日、六面。

＊13　大熊信行「凍土社のこと」『まるめら』第八巻第一号、昭和九年一月、二八頁。

＊14　石井公代「大熊先生の『凍土社のこと』を読んで」『まるめら』第八巻第三号、昭和九年三月、一三頁。

＊15　神林榮一「僕等のグループ（三）　凍土社をかたる――くにつたみ　として」『越後タイムス』昭和一〇年八月二五日、三面。

＊16　尾崎文彦「僕等のグループ（十）　水音短歌会――熱心なる求道者として」『越後タイムス』、昭和一〇年一〇月一三日、六面。

＊17　栃倉茂「僕等のグループ（十二）「大地」の復活」『越後タイムス』昭和一〇年一〇月二七日、四面。

＊18　（中村）葉月「僕等のグループ（二四）　門戸開放主義　柏崎歌会」『越後タイムス』昭和一一年一月二六日、三面。

＊19　飛鳥野俊彦「柏陽歌壇を睨む」『越後タイムス』昭和九年一〇月七日、七面。

＊20　江澤輿志「かたりぐさ（下）」『越後タイムス』昭和一〇年三月三日、三面。

＊21　土田秀雄「頌春の詞（諸家より賜りたる賀状五）」『越後タイムス』昭和十一年二月二三日、四面に、「帰郷」と題して、「ふるさとに帰りて今宵（こよひ）いねがてに老（お）ひ母の寝息（ねいき）聞くは淋（さび）しき」という記事が掲載さ

れている。これは賀状で送られたものであるが、もし凍土社のメンバーにこの短歌の賀状が届いたとしたら、土田から批判されたと感じたかもしれない。

＊22 三井田一意「和歌に就ての一史考（一）」『越後タイムス』昭和一一年四月十九日、五面。

＊23 野澤民治（題名なし）『まるめら』第一〇巻第一号、昭和一一年一月、六頁。

＊24 むめざはひでし「「凍土」にのった同志民治の遺作二百十七首くりかへしよみかへして。」『まるめら』第一〇巻第一〇号、昭和一一年一〇月、四頁。

＊25 大島吉之介「彼氏の横顔リレー　神林榮一論」『越後タイムス』昭和一二年一月一七日、四面。

＊26 神林榮一「彼氏の横顔リレー　北川省一論」『越後タイムス』昭和十二年一月二十四日、五面。

＊27 高橋源治「ペンクラブの頃」『越後タイムス』、昭和四三年一月二一日、一面。

＊28 「和田眞　本名渡邊廉造、明治四十一年柏崎町本町三丁目に生る、柏崎商業学校卒、「凍土社」「室内楽協会」同人、職業楽器店、趣味、音楽、カメラ、スポーツ、読書。」「執筆者リスト」『越後タイムス』昭和一二年二月七日、五面。

＊29 藤田敬爾「人生流転㊵賑かなペンクラブ」『越後タイムス』昭和四四年一一月三〇日、一面。

＊30 郡司公平「読む時代から見る時代へ」『越後タイムス』昭和一二年四月一一日、四面。

＊31 大熊信行「文学のための経済学――文学の商品性および商品としての特殊性」、『研究論集』第六巻第一号、高岡高等商業学校研究会、昭和八年七月、七八頁（『文学のための経済学』春秋社、昭和八年、所収）。

＊32 「いつか彼は新聞紙上に古書の存在価値に就て認めてゐたが、これは決して商売根性から筆を採ったのではなく、古書を尊じ愛するの念から出たものと考へられる。開店動機も亦これで、儲けの事など二の次だったのだ。「趣味の古本屋」と自ら称する理由もこゝにある。」山田英一「彼氏の横顔リレー（十二）　北星堂主人　郡司公平論」『越後タイムス』昭和一二年三月二八日、五面。

＊33 『越後タイムス』昭和一三年五月一五日、四面。

＊34 『都新聞』昭和一三年七月三日、小田切進編『大波小波・匿名批評にみる昭和文学史』第一巻、東京新聞出版局、昭和五四年、一四〇―一四一頁。「信行は「都新聞」当時、「大波小波」にかなり執筆している。用いた筆名は「XYZ」「通行人」「騎馬兵」「三白眼」「ABC」「行人」「N・O」など多数。」「資料室」『大熊信行研究』第一号、昭和五四年一二月、一一頁。つまり本稿は大熊が執筆したものである。

＊35 灰野十九郎「歌のいのち」『越後タイムス』昭和一三年三月六日、四面。

＊36 山田英一「凍土社から」『まるめら』第一二巻第五号、昭和一三年五月、一一頁。

＊37 郡司公平「はるのゆき」『越後タイムス』昭和一三年二月二七日、四面。同「あきさめ」『越後タイムス』同年一〇月一六日、四面。つかさ　きみひら「うみなり」『越後タイムス』同年一〇月二三日、四面。郡司公平「あらし」『越後タイムス』同年一二月一一日、四面。「あらし」の中の最後の一首には「どこへ　かくれたらい、　どこへ　にげたらい、　みぎも　ひだりも　まへも　うしろも　はためき　ひしめき　ほえたける　あらし」という歌を詠んでいる。時代のうねりの中で、思うに任せない心情を歌っているように思われる。

第五章　大日本言論報国会時代の大熊信行

――雑誌『公論』を巡って

一　問題の所在

本章の目的は、大熊信行の戦時期の言論活動の一端を考察することにある。大熊は、大日本言論報国会の理事として、当時の言論統制・出版統制の動きとなんらかのかかわりをもったはずである。つまり、戦時期の論壇状況と言論統制・出版統制がいかなるものであったのか、その実態を知る上で一つの好事例になると考えられる。

大熊と大日本言論報国会を考察する時に注目しなければならないことは、大熊の評価が分かれるところであるが、『経済本質論』・『政治経済学の問題』・『国家科学への道』という主著が続々と出版され、「配分原理」の展開という意味において大熊にとって充実した時期であった。そのような時期に、大熊は大日本言論報国会の理事になり、自らの総力戦理論の構築を目指した。

戦後大熊は、自らの大日本言論報国会での行動については、「大日本言論報国会の異常性格――思想史の方法に関するノート」（『文学』第二九巻第八号、昭和三六年八月、資料9）で述べている。この論文は、大日本言論報国会の内部状況を知る手かがりであるが、それによれば、大熊自身は理事であったにも関わらず、機関誌である『言論報国』に論文を掲載させてもらえなかったという。また、昭和一九年に、大日本言論報国会の理事・幹事が関わった同盟通信社『時事解説』に、大日本言論報国会の批判につながる論文を書いたと自らが証言している。[*1] それは、大日本言論報国会に内部対立が存在し、大熊自身が言論活動・出版活動を制限しなければならなかったとも考えられる。しかしながら、大熊と大日本言論報国会の関係について具体的に考察した論文はない。

大日本言論報国会の異常性格

――思想史の方法に関するノート――

大熊信行

1

太平洋戦争時代のことはおろか、占領下時代のことまでが、歴史的に取り扱われはじめたのは、日本的な気の早さとでもいうか。いずれにしろそのなかに非常に危険なものがあるとわたしは思う。大日本言論報国会について書くのがこの小稿の目的であるが、それをたとえば尾崎秀樹氏が大東亜文学者大会について書いたように書くことは、わたしの任ではない。(1) わたしは資料を集めていないし、集めようともいまは思わない。自分の体験に即して大日本言論報国会のことを書くことが何より必要だと思う。この団体について書かれたものはすでにいくつかある。(2) 現に尾崎士郎氏が文学報国会について書いた最近の一文にも、あわせて言論報国会のことがでてくる。(3) 尾崎士郎氏は戦争期をわれわれとともにくぐりぬけた人で、みずから言論報国会のことにも通じていると思っていることは、その書きぶりにみられるが、これもその実情をご承知でなかったことは、あとであきらかにするとおりである。しかし、戦争期のことがいかにわからないままになっているかの一例として、まず平野謙氏の『日本文学報国会の成立』のなかの一節を引くことからはじめたい。平野氏は当時の思想情勢に最もよく通じているはずの人であるけれども、「国内思想戦」に関連して生じた深刻な対立について、つぎのように語っているのをみると、やっぱり心細くなる。

文学報国会に入会することが、一種の免罪符としてうけとられていた当時の雰囲気をみごとに述べてから、平野氏はつづいてつぎのように語っている。(4)

　また、このことは、発会式の席上で吉川英治が荘重な調べの「感謝決議」を徴用作家にささげても、徴用された本人としては、下に「心」のつく「懲用」だろうとクサっていた実情をうちけすわけにゆかなかったのと照応している。また、このことは、思想戦という語句から内乱の有無について和辻哲郎と鈴木成高とが論争したという噂や、愛国百人一首の撰定に際して源実朝の歌をめぐる斎藤茂吉と斎藤瀏との論争という噂とも照応している。私はこれらの論争の噂を、ただ噂として聞きかじったにすぎないから、真偽のほどは保証できない。

平野氏の問題の一文は、戦争期の文壇の情勢を、自己の体験と見

891

資料９　大熊信行「大日本言論報国会の異常性格―思想史の方法に関するノート」『文学』第二九巻第八号、八九一頁。

大熊の先行研究[*2]に関しては、これまで、経済学史・戦争責任論・短歌論と多彩な仕事を残した大熊について個別に検討されてきた。しかし、これだけ人間味豊かな思想家を扱うのであるから、個別分野の枠組みを超えて検証していく試みが必要になる。その一つの方法は、等身大の人間・大熊の行動の軌跡を丹念に追うことであると考えられる。本章では、その趣旨に沿いながら大日本言論報国会の理事を引き受けた昭和一七年から、戦後の初期を対象とする。特に当時、出版界に大きな影響を与えた雑誌『公論』[*3]を中心に考察する。

二　大日本言論報国会以前

日本の体系的あるいは科学的な経済学は、幕末期に西洋の経済学を輸入することから始まった。日本の学問体系は、「社会科学」にしろ「人文科学」にしろ西欧近代の影響を受けている。まさに、「社会科学」や「人文科学」、およそ学問領域と呼ばれるもの全てが何らかの形で影響を受けているといってよい。昭和初期においてさえ、未だ独創的な研究を行った日本人経済学者は少なかったといえる。[*4]

大熊は、昭和一五年に博士論文の副論文を基礎とした『政治経済学の問題』を出版している。この本の「小引（しょういん）」には、これまでの論文と区別するという次のような記載がある。

これまでの二三の拙著から、本書の研究を区別するに足る一つの特徴は、外国語文献の引用から離れて、むしろ現代の日本語文献に拠つて基礎を固めようとしてゐる点である。おそらくこの特徴は、今日までのわが国の学術的著作から、本書を区別するに足る特徴でもあらう。[*5]

この「小引」は、何を意味しているのであろうか。大熊は「必要なことは、いづれにしても日本語文献の価値を確定することである」[*6]としている。この時代、大熊のように外国語文献を使わないということは、輸入学問である当時の経済学の中で、西欧に対する挑戦という決意表明であったと考えることもできる。大熊は、経済研究について次のように述べている。

われわれが本来研究しようとするものは経済それ自体であり、われわれの研究の纏められたものが経済学であるべきところを、われわれはまづ経済の研究を後まはしとして、『経済学』の研究にむかふ。このことは順序として一応理由があるとしても、他人の経済研究の成果としての『経済学』を読むといふことが、事実上研究の全部と化し、みづから経済そのものを見、そしてそこに問題を発見するといふ任務が忘却されてゆく危険をうむ。〔中略〕われわれはいつまでも西洋経済学の『読者』たる域にとゞまつてゐることはできぬ。[*7]

大熊は、それまでの西洋経済学の読者であるという立場を捨て去り、『政治経済学の問題』とそれに続く著作として『国家科学への道』を書いている。[*8] しかし、『国家科学への道』は本来書く予定の著作ではなかった。

あたかも、この序文の筆を執らうとする日に、対米英宣戦の大詔は渙発せられた。

本書は、みづから最近発表した予定の出版計画には、示されてゐなかつたものである。〔中略〕すでに述べた学問観に、著者を導いて到らしめたものは、いかなる西洋の科学でも哲学でもなく、また、いかなる思想でも学説でもなくて、この現実の中に生きる一日本人の単純な常識である。[*9]

大熊は、自ら示した出版計画を破って『国家科学への道』を執筆したのである。戦後、大熊は、当時の意図を次のように述べている。

自分のことをいますこしいえば、いざ戦争となった以上、国策には従わなければならない、というのが揺るぎのない所信であった。兵役関係は第二乙種であるため、軍務に服した経歴ももたず、それが心の引け目となっていたのであろう、慮らずも海軍大学校から講演の依頼をうけたときには、いいようのないうれしさが胸にわき、思いがけないかたちで「取り返し」がついたような、いわば誇りにちかい感情を経験した。[*10]

大熊は、元々は体の弱い人間であった。また、多くの生死に関するエッセイを残している事を考えると、生死の境である戦争に協力することが、一人の国民として「常識」であったのかもしれない。

また大熊は、昭和一七年三月に、著作業に専念するために高岡高等商業学校を退官した。[*11] その後、海軍大臣官房調査課嘱託、一二月には大日本言論報国会の創立に際して、加田哲二・小野清一郎・高坂正顕・市川房枝らとともに理事となった。[*12] 大熊が言論報国会の理事に就任した動機については定かではないが、推測すると、大熊自身がのちに「告白」で書いているように、ジャーナリズムの魅力に引きずられたという事も考えられる。また、高岡高等商業学校を退官したことにより、それまでの配分原理を中心とする研究の発表媒体であった『研究論集』に投稿する権利を失い、ゆえに自らの研究の発表媒体を確保する必要があったといえる。つまり、大日本言論報国会の理事となることで、ジャーナリズムの世界の中で、自らの研究の発展を考えていたとも思われる。

これまで述べたように、大熊は西洋経済学を止揚するため、戦争（統制経済）、「国家科学」に埋没していったようにみえる。しかし、だからといって西洋経済学を全否定したわけではない。それは、国家目的のための思想であれ、国家を総力配分者とする総力戦理論であり、当初からの「配分原理」の拡充であった。大熊は『国家科学への道』で次のように述べている。

近代科学の方法論なるものは、科学と生活との関係を明かにするものではなくて、科学を生活から引きはなすためのもの、一つの知識から他の知識を引きはなすためのもの、であ

> つた。いまや思惟の方向を逆にむけかへなくてはならない。必要なものは個々の知識の連鎖と配置であり、序列と系統化であり、そして総合である。これを総合するものは、生活者の立場であり、そして生活者の立場は、現実には政治の立場である。あらゆる科学研究は、自己反省において、学問論の立場にまで一旦引きかへさなくてはならず、学問論は国家論と結びつかなくてはならない。〔中略〕学問的性格の復活は、科学者の精神的態度が国家の主体的立場に復帰することによつて、つまり科学を科学として考へることから、国家の学問として考へることによつて、窮竟的には学問をもつて国家的存在の全体的な精神表現として考へることによつて、肇めて可能となるのである。――これが第一部の根本主張であり、同時に本書全体をつらぬく根本的態度である。*13

大熊は「政治」を総力「配分」ととらえることによって、「生活」における「配分」の立場をつなげ、配分原理によって、国家論と学問論も結びつけようとした。つまり学問上の自己反省をした上で、新たな総力戦の理論を生み出そうという狙いをもったのである。その発表媒体として、これまでの経済学の一学者の立場から、大日本言論報国会の理事としての立場を手にいれ、時代の一線たるジャーナリズムの世界に出ていったのである。太平洋戦争が始まった後の昭和十七年の理事就任には、このような意味があったのである。

三　大熊信行と西谷弥兵衛

大日本言論報国会の研究成果としては、赤澤史朗の研究[*14]や、資料的な価値として高い『日本文学報国会大日本言論報国会設立関係書類』[*15]などがある。この二つの著作の中で、大熊の「大日本言論報国会の異常性格――思想史の方法に関するノート」は度々引用されている。浦西和彦は後者の解題で、大熊の上記の論文を引用した後に、次のように述べている。

ではなぜ、大日本言論報国会において、「最初から一つの同志的なグループまたは党派として存在」することになり、彼等が大日本言論報国会の実質的な主導権を握ることになったのか。そのグループは井澤弘、野村重臣、斉藤忠らの日本世紀社の人々であろう。[*16]

そして、大日本言論報国会は、井澤弘らの日本世紀社という団体に所属した人々が実質的に掌握する。日本世紀社は、銀座の七宝ビルに事務所があり、東条内閣から活動資金がでていたといわれるが、くわしいことは一切わからない。[*17]

浦西によれば、「日本世紀社[18]」が大日本言論報国会の実際の指導をしていたと考えられる。このことは、大熊の考え方と共通している。大熊は「日本世紀社」の役割について、次のように述べている。

当時の真相を知る方法としては、現存の人では斎藤忠氏（現ジャパン・タイムズ論説委員長）か、西谷弥兵衛氏（産経新聞論説委員）あたりから、話が引き出せればいいわけだが、おそらく真実をつかむためには、当時の陸軍情報部にいた軍人と接触してみる必要がある。ともあれ大日本言論報国会の任務は、一言にして「国内思想戦」にあった。思想戦の目的は、観念的には天皇主義の擁護と推進にあった。[19]

大熊自身の大日本言論報国会に対する見方からすれば、「日本世紀社」に所属していたと考えられる人物がどのような「国内思想戦」をしたのかを考察することが、大日本言論報国会の内部状況の分析を深めることになる。[20]

このような大熊の大日本言論報国会に対する見方は、大熊に対して内部から批判があったことが原因であった。大熊が戦後に話を聞き出すべき人として名前を挙げた西谷は、大日本言論報国会の評議員であった。西谷は当時次のように述べている。

> 事態はかくのごとくである。世界観戦争は熾烈に戦はれつゝあり、あらゆる場合、あらゆる問題について、われわれは確固たる見解を表明しつゝある。日本世界観は決定的な優越を敵に対して示しつゝある。〔中略〕
>
> それにも拘らず、ここになほ「学問的体系」の信奉者がゐる。戦線の兵士があれほどまでにみごとに示しつゝある
>
> 　天皇陛下万歳
>
> の絶対値に安住することができない「思想家」がゐる。[*21]

西谷は「天皇陛下万歳」に安住できない思想家がいるとしている。この「思想家」は大熊のことである。この文章の表題は「戦わざる思想戦」である。この文章が書かれた原因は、朝日新聞に掲載された大熊の「皇国思想」への批判である。大熊はこの新聞記事で、次のように述べている。

> 生産問題も生活問題も、ともに言葉の最も厳密な意味において*思想問題*である。〔中略〕
>
> およそ思想とは　歴史の意志を感知する能力であるにとゞまらず、新たなる現実を構成する力である。それは社会的現実を動かし、新しき現実を創出するものでなければならない。[*22]

案ずるに皇国思想戦の特異無比なる性格は、究極的にこの対照の核心にある。この核心を去つて哲学をいひ、世界観をいふことは、おそらく徒爾であらう。と同時に、いやしくも全世界を対手となし、敵国を前にするゐて宣べようとする思想の言語能力が、不幸にして日本的方言に偏し、万一にも意味不通なりといふごときことを生ずるならば、さらにその失態は償ふべくもないであろう。思想の主体的内面性と客観的論理性の高き統一こそは、皇国思想戦の当面の主題でなければならない。[*23]

この新聞記事をみて西谷は、大熊の「皇国思想戦」の解釈に批判をくわえている。

大熊氏は「思想とは歴史の意志を探知する能力であるにとどまらず、新たなる現実を構成する力である。すでに現実そのものが何等かの思想によつて構成されたものであること」を主張してゐられるのであるが、そのやうなものとしての「思想」こそは、日本においてもつとも典型的に存在したところのものであつた。それをいまさらのやうに論理的な整形を受け、「主体的内面性と客観的論理性の高き統一」を求められねばならぬやうなものではない。日本世界観の「体系」や「学問的骨格」は、これからつくられようとするものではなくて、既にわれわれの前に与へられてゐるのである。[*24]

このように西谷は、大熊の名をあげて批判している。西谷と大熊の違いは、その国家におかれている現状認識の違いである。大熊は、既に述べたように、これまでの近代科学の考え方を批判し、生活と学問を結び付けて新たな総力理論（「日本の学問」）を構築しようとしている。しかし、西谷は、すでに大熊の考えている近代科学からの思想そのものが無意味であるといい、前提が既に異なっている。また、数カ月後には、昭和一四―一五年に大熊が多くの論文を寄稿している『公論』の座談会においても西谷は大熊のこの新聞記事の議論をし、次のように述べている。

この間も朝日新聞に怪しからぬことを書いてゐた。日本の言葉は自分も好きだ。しかしこれはまだ日本的方言で世界には通用しないから、いざ講和会議の時には困るから、それまでに早いところ方言でないものを作つて行かなければならぬといふのだ。それは大熊信行が言ふやうなけちな日本なら方言ですよ。また、僕は思つたのですが、皮肉に引繰り返へれば、方言でいゝと思ふのですよ。〔中略〕

シンガポールでやつても、イギリスの兵隊に言はせると、日本の兵隊はフエアー・プレイをやらないから俺達は負けたと言つてゐるが、そこは日本の兵隊とイギリスの兵隊の戦争のやり方の違ふところだ。違ふといふことは結局方言だ。違ふから勝てる。イギリス、アメリカの言ふことをきけば方言でなくなる。大熊信行の如く今の話のやうに定義をして、そこに何やら日本らしきものを捏っち上げて、講和会議の時に困るからといつてやる。そんなことで日本の学問は出来ないですよ。あゝいふ大たわけのものが堂々たる新聞に載るから歎はしいですよ。僕のところの新聞にはさういふものは絶対に載せない。（笑声）[*25]

大熊を「大たわけ」とののしっているのである。「日本の学問」について大熊は、未だ建設中であると指摘しているのに、西谷は「日本の学問」が既に出来上がっていると述べている。大熊は「日本の学問」が「西洋の学問」を超克することについて議論しているのであり、西谷とは議論の前提が異なった。しかし、この論説の後に、大熊は『公論』に論説を書いていない。[*26] 西谷はその後も書いている。[*27] つまり大熊は、これ以後『公論』では書かせてもらえなかったのである。[*28]

この大熊批判の論文・座談会が掲載されたのは、昭和一八年七月である。前述のように、大熊にとっては、「思想」とは、新しき現実を作り出すことである。しかし、西谷に言わせれば、大熊の思想は「戦わぬ思想」であり、大熊は「天皇陛下万歳」をいえぬ「大たわけ」な思想家ということになる。

この時期に、大熊はどういう動きをしていたのだろうか。大熊を知る人に、政治学者で東京帝国大学教授の矢部貞治がいた。矢部は、大熊や哲学者で法政大学教授の谷川徹三と連絡をとり、海軍大学校で教鞭をとっていた。『矢部貞治日記』によれば大熊との関係について次の記述がある。

七月十日（土）晴

朝から海大の講義原稿と、成人講座の講義原稿とを推敲するので多忙。〔中略〕

五時水交社で、大熊信行、谷川徹三の両氏と会ひ、種々国内思想戦の混戦状態を聞く。驚くべき事実だ。*29

七月卅一日（土）晴

今朝七時過ぎ旅行から帰宅した。

旅行は廿五日朝九時特急つばめで出立。八時過ぎに大熊信行氏と落合ひ、而も同じ列車で岸本誠二郎氏が帰省するのに会ひ、京都まで三人同行。四時半頃京都に着いたら折からの豪雨で、鈴木成高氏が迎へに出てゐてくれたが、タクシーは中々ないし、丁度、言論報告会（ママ）の「思想戦大学」で、日本世紀社の連中が来てゐるといふので、之とぶっからぬやう気を揉んだ。〔中略〕

廿六日〔中略〕午後二時に、高坂正顕、西谷啓治、高山岩男、鈴木成高、柳田謙十郎、宮崎、大島などゝいふ人が参集し、こっちの大熊、谷川、僕の三人と合同。大熊氏から国内思想戦、京都学派に対する攻撃等の内情につき一通りの話しがあり、次いで、京都の人々の意見も聞き、こっちの意見も述べた。〔中略〕

廿七日朝八時頃の汽車で、大熊、谷川、両氏が舞鶴に高木少将を訪ねて行くといふので、少し頭が痛く睡眠不足だが、早く起きて一緒に朝食をし、玄関に送る。[*30]

高坂正顕など、当時の京都帝国大学の教授たちが一堂に会し、その前で大熊が国内思想戦や京都学派に対する攻撃について述べている。これは、昭和一八年七月の『公論』の座談会の記事が発行された直後の日記である。このことは、大日本言論報国会に対する大熊の見方に大きな意味を持ったと考えられる。大熊は、戦後「告白」において次のように述べている。

日本の国体観を盾とする資本制擁護論。──それが低級きはまる右翼的な俗論だらうと、アカデミックなよそほひをこらした鹿つめらしい主張だらうと、その根本の性格にさうゐがあるのではない。自分はこれを批判しつくさねばならぬとこゝろにきめた。しかるにその仕事はたちどころにして反撃にあひ、自分の一論をさして、大逆思想であると呼ばはるものがあらはれた。つづいて自分をさして、天皇陛下万歳といふことを信じない人間だといふものがあらはれた。さいごに、それらのひとびとがあひ会して自分をのゝしる座談会が一誌上にあらはれた。自分ははじめて包囲陣のなかにあることを、そしてその包囲陣の一翼は大日本言論報国会につながつてゐることを、承知した。[*31]

つまり大熊は、この年に最初に「大逆思想」[*32]であると言われ、「天皇陛下万歳」を信じないとの批判をあびた。西谷の著作が昭和一八年六月に刊行されている。「自分をの、しる座談会」というのは『公論』の記事である。そしてそのすぐ後に京都学派と会合をし、大日本言論報国会を批判したのである。同時に海軍ともつながりを持とうとした。「高木少将」とは終戦工作をした高木惣吉[*33]であろう。大熊は海軍との関係についても述べている。

　この問題〔引用者注：大日本言論報国会内部の対立〕には、日本の陸海軍の対立という微妙な問題もからんでおり、おおげさにいえば日本の学者は当時、海陸両軍部に分割されていたという面もあるが、ここではその事実にまでは多く立ちいらず、わたしは谷川徹三氏らとともに海軍省の側に属したというにとどめよう。[*34]

大熊と海軍の関係については、同じ大日本言論報国会の理事であった新明正道の記述がある。

　大熊君が『国家科学への道』を書いた頃から戦局はますます拡大されるとともに激甚化し、太平洋戦争の時代が展開されることになったが、そのうち戦況は次第に日本にとって不利となり、ついに敗戦にいたる下り坂の十七、八年頃には、私自身かなり頻繁に彼と顔を会わす機会をもつようになった。というのは、昭和十七年十二月、「日本評論家協会」の解消されたあとに、「大日本言論報国会」が設立されたが、当時その世話役をやっていたらしい彼から手紙が来て、現在話題となっている理事の顔ぶれはあまりにも右翼的な人ばかりなので、ぜひ私にも理事になってほしいという、これを承諾したので、私はこの団体が成立してからは月一回上京して理事会で一緒になることが出来たからである。〔中略〕その頃の彼は右翼の連中とははっきり一線を画しながらも、敗戦の色が濃くなってゆくにつれて、私以上に戦争の成行を憂いていたようで、海軍側がもっと陸軍側を押えることが出来たならばというような悲痛な言葉を洩らしたことさえある。[*35]

大熊は海軍と接近し、その後、大日本言論報国会を批判するようになった。それは、大熊にとっては悲痛な思いであった。大熊は、戦後次のように語っている。

つまり七宝ビルの連中〔引用者注：日本世紀社〕ですよ、対世間的には〔引用者注：大日本言論報国会は〕われわれがはじめたように見えたけれども内部でみれば、私はあの機関雑誌に一行も書かされたこともないし、すつかり総すかんくつて私と口聞くものもいなかつた。それは同盟通信に言論報国会の批判を私が書いたということが原因です。あの会の帰りに私と一緒に並んで電車に乗つても、みんなハンセン氏病患者のそばに行かないといわんばかりに近寄つて来なかつた。[*36]

この機関雑誌というのは『言論報国』であり昭和一八年一〇月から出版されていた。たしかに大熊は一行も原稿を書いていない。しかも、「告白」の指摘どおりに考えれば、既に大熊は大日本言論報国会内部から攻撃されていたと確認できる。

大熊が自分で述べている、同盟通信に書いた大日本言論報国会の批判は次のものである。

ここに経済の問題にたいして全く無知無定見のままで、国体や国民思想の問題を論ずることができるといふ考へ方や、逆に、国体や国民思想の問題について何等の定見をも叙べることのできない人間が、経済学の専門家であるといふ理由で、わが経済体制の建設的な問題について何か発言しうるだらうという考へ方や、さういふ考へ方はすべて事物の全一性をまづもつて把へねばやまぬ現代の精神からみれば、反省を要する[*37]

この昭和一九年四月に出版された文章全体を読んでみても、大日本言論報国会を直接的に批判するところまではしていないが、大熊は、西谷から批判を受けた「皇国思想戦」の中で書いた「思想」の定義を、次のように変えていない。

思想とは歴史の意志を感知する能力であるのみならず、現実を構成する力である、行動

のあるところには思想があり、変革のあるところには必ず思想がある[38]

つまり、大日本言論報国会を批判するところまではいかないが、西谷の考える「思想」の定義に屈することなく、抵抗の精神を保ち続けていたということではないだろうか。大熊は、『公論』からは、その学問論を巡って追放されてしまった。しかし、この後の昭和一九年から二〇年にも、別の雑誌で論文やエッセイを残している。[39]いずれにせよ、『公論』紙上で浮き彫りになった、権力闘争や世界観をめぐる大日本言論報国会内部での攻防があったことは事実であった。大熊は戦争のゆくえを慎重に見守っており、確かな形でないにしても、批判を述べていたのではないだろうか。

大熊は、大日本言論報国会理事として戦中期を生きた。そのため、戦後に反省し、戦争責任論を展開していくことになるが、大熊としては、戦後において、戦中期の苦い思い出や立ち位置などを、実像のまま理解されたかったのではなかったかと思われる。

四　大熊信行の「告白」と池島重信

大熊は戦中期に、『公論』・『科学主義工業』・『理想』・『改造』・『日本評論』・『東京堂月報』『読

書人』・『婦人公論』・『中央公論』等々に論文を掲載している。だが、戦後の大熊は、このような形で論文を掲載することはできなかった。大熊は、故郷である米沢で戦後を出発し、昭和一九年四月から続けている同盟通信社『同盟通信・時事解説』からの仕事である時事通信社『時事通信・時事解説版』を書き続けた。大熊に戦後「告白」を書かせた編集者小宮山量平の回顧によれば、「告白」を書いたいきさつは次のようなものである。

大熊さんは、ご自分で『皇道経済学』なるものを提唱したわけではない。「もし『皇道経済学』というなら、これこれしかじかの意味でならわかるんだがなあ」という書き方をしたんですよ。皇道経済学の先頭で旗振りするんじゃなくて。同時代でそういう旗振りをするのは東大の難波田春夫（なにわだはるお）だ。彼の皇道経済学は、まさにすべてを天皇のためみたいに意気盛んにやるでしょ？　それは違う、そうやってはいけないんだ、もし皇道経済学というならば、しかじかの意味で進めるならほんとうに民生のための、人間の幸福のための経済学になるんだよ、とラスキン学説を引用したりしながら大熊さんは論文を書くわけだけど、結果においては、大熊教授が書いたということで若い人たちがついていっちゃった。そういう意味では普通の筆者より遥かに大熊さんの罪は深いともいえるわけです。それで大熊さんは教職不適格で指弾されるんだけど、ぼくらにしてみれば、そんなことよりも、なぜ大熊さんがそういったかのほうが重要なんだ。それは発想のつまずきだ。挫折だ。そのこと自体を反省しないと日本人はまた同じことをやるだろう。だから『大熊先生、敗戦後に先生の成すべきことは、自分がなぜあのような転びを演じてしまったか、そこのところをぼくら若い者にぜひ書いてください』と、あの交通不便な時代に、ぼくはそれをお願いしに、何度も山形まで行きましたよ。[*40]

大熊は、この指摘から分かるように、大日本言論報国会理事ということで、戦後批判をうけていた。大熊は、戦中期に自ら所属した大日本言論報国会の思想について次のように述べている。

わたしは戦争期の思想に主戦と反戦の対立があったとする見かたを、あまり重視しない。もちろんあの時期に、非戦・反戦の思想が伏在していた事実を尊重するけれども、しかし書かれるべき思想史としては、戦争支持者のあいだにおける思想上の対立にこそ、興味の焦点がおかれるべきものだと考える。一方には「一億玉砕」「湊川精神」の鼓吹にまでいきついてしまった日本主義者・天皇主義者の諸思想、他方には近代的合理主義の立場を放棄することなしに、しかも戦争協力にすすんでいった国民主義的な諸思想。前者には一見して、過激な国家改革・社会改革の意図がひらめく「昭和維新」の説も絶無だったのではないが、それらは総じて極度に観念的なものであって、事実としては軍部の動向にどこまでも追随し、それを絶対に支持するのが、その種の諸思想の機能の本質だったと考える。これに反して後者には、戦争批判・軍部批判の気配がつねに内部にくすぶっていた。のみならず戦争協力の態度そのもののなかに、さらに二つの類型が存在していたことに注意を払わなければならない。資本主義体制の擁護を念とするものと、戦争体制の強化の過程をとおして社会主義体制への接近を志向するものの、二つである。[*41]

大熊は、戦後「日本的なもの」について率直に告白し、その思想的な問題点も指摘している。しかし、上記の言説は昭和三六年のものである。では戦争直後はどのような考えをもっていたのだろうか。

これより前に大熊は、大日本言論報国会について直接・間接的に論議している。例えば、昭和二〇年一二月八日・九日に「総合雑誌の復活」というテーマを『東京新聞』でとりあげ、言論統制により潰された『中央公論』について述べている。また、『同盟通信・時事解説』・『時事通信・時事解説版』には、論壇に関係する論文が多数存在する。[*42] その中で、「（思想）知識階級の根本問題――まだ表現されてをらぬ苦悶のこと」では、次のように述べている。

> 終戦来の論壇にみられる評論の殆どすべては、一言にして民主主義的評論である。〔中略〕戦時中、ある時期におよんでその言説が糺弾されたとか、排撃されたとか、あるひは事実上編集者から閉めだされたとか、すくなくとも総合雑誌の圏内では執筆が不能になつた

とか、さういふ事実をもつて、あたかもそれらの人々の評論活動が反戦的であつたことの証明のやうに解するとしたら、大層をかしなことだ。[43]

大熊は「告白」を書く以前に、このような文章を書いていたのである。この論文の最後で次のように述べている。

それはともあれ、評論家の戦時中の活動を、とりあへず客観的批判的にとりあつかつたものとして特に注目すべきは左の三つの論文である。

一、池島重信「思想家は何をしたか」（世界評論、二、三月号）二、古在由重「あらたな世界観へ」（評論、刊創（ママ）二月号）三、羽仁五郎「日本イデオロギイ論」（思潮、創刊三月号）[44]

また大熊はこの論文が収録された『戦争責任論』の中で、次のように書き加えている。

右のうち、池島氏のものは、つとめて客観的な取扱ひをしたもので、「日本思想言論界二十年の批判」と副題としてゐるが、氏の批判の立場がなんであるかは明瞭でない。[45]

大熊がこの池島論文に関して、「つとめて客観的」と書いているのは、特に印象的である。それは、池島論文が特に重要であり、戦中期の思想界の状況を考える上で、大熊の見方に近いといえるだろう。また、戦時言論史の中で古典である、元中央公論社編集長の黒田秀俊は、『血ぬられた言論――戦時言論弾圧史』の中で次のように述べている。

大日本言論報国会の性格を語るまえには、順序として日本世紀社のことにふれなければならない。銀座四丁目の交叉点にほど近い安藤七宝ビルの四階に事務所をかまえていた日本世紀社について、池島重信氏は、『西山正夫』の筆名で、つぎのように述べている[*46]

この引用に書かれている西山正夫は「京都哲学派弾圧の経緯[*47]」を書いた著者である。[*48] 池島は次のように述べている。

大東亜共栄圏の思想とともに日本的世界観の探求もしきりに行はれた。これは特に齋藤晌、大串兎代夫などが高号したのであるが、これに追随するものをも含めて、それは具体的内容に触れない抽象的な理念にすぎなかつた。一途に西欧思想を排斥し、日本的世界観の根底は八紘為宇であるといひ、古典の言辞を祭祀的に取り扱つて、現実の論理を近づけなかつた。〔中略〕

日本的世界観は主として大日本言論報国会事務局に属する思想家、たとへば野村重臣、齋藤忠、花見達二、西谷弥兵衛等がそれぞれの立場から支援し、これに前記新国学派の人々が別働隊として呼応し、鹿子木員信、佐藤通次を旗頭にいはゆる「昭和維新」「尊皇攘夷の血戦」を呼号しつつ、思想戦の武器としたものであり、陸軍報道部、情報局、日本出版会また隠にこれを支持したのである。[*49]

池島は、この論文で大熊について高く評価している。また、戦中期の大熊の研究について次の指摘をしている。

また同じく国防国家の理論を志向しながらも、大熊信行は日常性の基盤に立つて生活理論の基本構造を追求し、生活合理性の本質を明らかにしつつ、一方において生活科学への新道を拓くとともに、他方において総力戦理論への展望を示した。彼がそれによつて生活体の認識から国体観念の充実へまで、広汎な諸問題を渉猟をした足跡はまことに労苦に充ちたものであつた。[*50]

池島は、大熊の広範な研究について評価し、労苦に充ちたものだとしている。しかも、上記の西山論文の中でも大熊の文章が引用されている。[*51] しかし、池島は、この二つの論文以降、大日本言論報国会については、ほとんど記述を残していない。[*52]

五　おわりに

大熊の考える大日本言論報国会の内部事情を知るとき、「思想戦」のあり方については、大熊は決して神がかってはいない。それどころか、昭和一五年から海軍のブレーンとして、海軍に乞われて、言論に関し批判的な形で対応して議論をしたといえる。

確かに「国家科学」や「総力戦国家」を提唱し、大日本言論報国会の理事になったとはいえ、神がかった国体論に負けることなく自らの思想を言論の場で展開していくこと自体は、一人の知識人としては大変勇気があったのではないだろうか。本章は、これまでの大熊の論文を利用して、大熊の大日本言論報国会の場における立ち位置とその言論の実態を実証的に述べた。大熊をこれまでのように、単に「天皇制ファシズム」を提唱した一人として外在的に捉えるのではなく、人間・大熊として大熊の軌跡を丹念に追うことも、言論弾圧をされた時代の実態を知る上で必要であると考える。

しかし本章では、大熊の大日本言論報国会の行動にとどまり、「国家科学」や「総力戦国家」の思想そのものとの関連で取り扱うまでには至らなかった。新たな現実の構成、「日本の学問」の構築ということでは、それらが欠かせないことはあきらかである。しかしながら、大熊が西谷や「日本世紀社」の人々との論争において、言論の場や雑誌の掲載の場を失い、大日本言論報国会で居場所がなくなり、陸軍の情報部に睨まれて『婦人公論』の連載をストップされる憂き目にあうことになる。そのため、「国家科学」や「総力戦国家」を提唱して大日本言論報国会理事に就任したにもかかわらず、早くも昭和一九年には東京から故郷の米沢に活動の場を変更するという決断をしなければならなかった。結果としてみれば、国家権力に協力したはずが、言論闘争や権力闘争に敗北してしまったということになる。しかし、その間海軍のブレーンの一人として動き、矢部貞治や京都学派と行動を共にしていたことをあきらかにできた。

また、大熊に注目しなければならないのは、池島重信の指摘のとおり、その言論が「新道」（新しい学問形成）を目指して行われていたことにある。その学問形成の評価は今後の課題ではあるが、三木清の弟子である池島のような哲学者から「労苦」と指摘されることは、大熊にそれだけ深い精神世界が内包されていたと考えられる。

大熊の「国家科学」と「総力戦国家」の中に新しい「日本の学問」の萌芽を求める研究は、次の課題にしたい。

＊1　大日本言論報国会を批判した文章である『時事解説』昭和一九年四月一日創刊号の記事は戦後出版された本に所収されている。大熊信行「思想動向大観の態度」『戦中戦後の精神史』論創社、昭和五四年、二六九―二七二頁。〔編集者注：『同盟通信・時事解説』第三〇一三号、昭和十九年四月一日を確認

したところ、当該記事は発見できなかった。」

＊2　大熊の先行研究は、多数あるが、本章で特に注目したのは、次のとおりである。下記の研究は、大熊研究については優れたものであるが、大熊と大日本言論報国会についての記述は殆どない。大沼保昭「国家、戦争そして人間」『国家論研究』第一五号、昭和五三年二月、玉城素「大熊信行の「人間」論――マルクス遺産継承のこころみ」同前、池田元「〈解説〉大熊信行の社会思想と配分原理――『ラスキンとモリス』の世界」、大熊信行『社会思想家としてのラスキンとモリス』論創社、平成一六年。

＊3　『公論』は、第一公論社より一九三九年一一月号から一九四六年一・二月号まで刊行された月刊の総合雑誌で、編集の中心である上村勝弥は内閣情報部（情報局）と関わりがある。植手通有「解題」『丸山眞男集』第一巻、岩波書店、平成八年、三四九頁。同時期の論文執筆者には、矢部貞治、新明正道、清水幾太郎、大河内一男、大串兎代夫、保田與重郎などがいる。当時の論壇に多大な影響をあたえた執筆者である。

＊4　昭和初期の独創的な経済学者として考えられるのは、東京商大（現一橋大学）出身の赤松要、宮田喜代蔵、杉本栄一、高島善哉、板垣与一、東京帝大（現東京大学）出身の土方成美、難波田春夫、作田荘一、京都帝大（現京都大学）出身の石川興二、谷口吉彦、柴田敬、早稲田大学出身の酒枝義旗、慶應義塾大学出身の竹村忠雄などであった。戦後の経済学界で活躍する経済学者である。

＊5　大熊信行『政治経済学の問題――生活原理と経済原理』日本評論社　昭和一五年、小引、二頁。

＊6　同右。

＊7　同右、一〇八頁。

＊8　大熊信行『国家科学への道』東京堂、昭和一六年。この戦中期の大熊の主著である『国家科学への道』は、自身の国体概念に関することではあるが、さらに進んで、「国家総力戦」を展開していったと考えられている。一九四一年〜四二年に発行された『国家科学への道』は、三版まで発行されて内容的にも改訂されている。三版の奥付には、「(三〇〇〇)」と表記がされている。つまり、三版は三〇〇〇部発行されていたと考えられる。紙不足や戦時体制の時代に、『国家科学への道』がこれほど流通したということは、それだけでも影響を与えていたと考えられる。また、大熊の『国家科学への道』第四部には「知識人における思想と心情の転機――一つの時評的覚書」という章がある。この章では、当時の知識層の問題や総合雑誌のあり方についても記述がある。

＊9　同右、序一、序五頁。

＊10　前掲、大熊「大日本言論報国会の異常性格――思想史の方法に関するノート」五頁、前掲、大熊『戦中戦後の精神史』六二三頁。

＊11　「大熊教授依願退官せられ引続き講師を嘱託せらる。昭和十七年三月三十一日である。同氏は今後東京に居住せられ評論著作等、文筆に親まれる外、既に政府の各種委員等にもなられてゐる。本校へは一年一回両三週間づゝ連続講義に来られる筈で、講師にこそなられたが、学校との関係は従前とあまり変らない訳である。」高岡経済専門学校編・発行『高岡高等商業学校史』昭和二〇年、一一五頁。

＊12　「奥村喜和男情報局次長は、昭和十七年十二月二十三日の大日本言論報国会設立総会で、二十八名

の理事を、次のように指名した。

秋山謙蔵、稲原勝治、市川房枝、井澤弘、小野清一郎、大串兎代夫、大熊信行、大島豊、鹿子木員信、加田忠臣、小牧実繁、高坂正顕、高山岩男、斎藤瀏、斎藤忠、斎藤晌、佐藤通次、新明正道、匝瑳胤次、津久井龍雄、富塚清、中野登美雄、野村重臣、橋爪昭男、藤田徳太郎、古川武、穂積七郎、山崎靖純」

浦西和彦「解題――その結成過程をめぐって」、関西大学図書館編『日本文学報国会大日本言論報国会設立関係書類』下巻、関西大学出版部、平成一二年、二六頁。

*13 前掲、大熊『国家科学への道』序三頁。

*14 赤澤史朗「大日本言論報国会――評論界と思想戦」赤澤史朗・北河賢三編『文化とファシズム――戦時期日本における文化の光芒』日本経済評論社、平成五年。

*15 関西大学図書館編『日本文学報国会大日本言論報国会設立関係書類』上下巻、関西大学出版部、平成一二年。

*16 前掲、浦西「解題――その結成過程をめぐって」二七頁。

*17 同右、二八頁。

*18 「日本世紀社」に関しては、日本世紀社同人「聖戦の本義」『文藝春秋』第二〇巻第一号、昭和一七年一月、に書かれている。また、同論文の前に、「「大東亜戦争完遂のために」座談会」が掲載されている。出席者には西谷弥兵衛も含まれる。

*19 前掲、大熊「大日本言論報国会の異常性格――思想史の方法に関するノート」四頁、前掲、大熊

『戦中戦後の精神史』六二二―六二三頁。

＊20　赤澤史朗は次の指摘をしている。「結論から先に言えば、言論報国会が日本評論家協会の人たちとファッショ的な評論家グループの合体によって創られ、その成立後は陸軍や情報局とつながる後者のグループがヘゲモニーを握ったということの定説の理解は、大枠では正しいものと思われる」としているが、「しかし、そのファッショ的な評論家のグループが日本世紀社であることには疑問がある」としている。前掲、赤澤「大日本言論報国会――評論界と思想戦」一六二頁。確かに、「日本世紀社」という団体の思想そのものが一枚岩であったということはいえない。しかし、この定説がなにゆえ現在まで信じられてきたかを考察するためにも、「日本世紀社」同人の思想を考察する意義はあると思われる。

＊21　西谷弥兵衛『日本思想戦大系　日本経済頌』旺文社、昭和一八年、一一一―一一二頁。

＊22　大熊信行「皇国思想戦（上）」『朝日新聞』昭和一八年一月五日夕刊、一面、前掲、大熊『戦中戦後の精神史』二八頁。

＊23　大熊信行「皇国思想戦（下）」『朝日新聞』昭和一八年一月五日朝刊、二面、前掲、大熊『戦中戦後の精神史』三六頁。

＊24　前掲、西谷『日本思想戦大系　日本経済頌』一一五―一一六頁。

＊25　難波田春夫・西谷弥兵衛・布川省三「皇国経済の現状を論ず」『公論』第六巻第七号、昭和一八年七月、三四―三五頁。西谷は、この当時下関の「関門日報」の編集をしている。

＊26　「なかんずく鼻持ちのならないのが、『文芸春秋』編集部に一人おり、また『中央公論』編集部にも

陰険なのが一人いた。東京堂発行『読書人』にも、ファナティックな部員があらわれた。一種の感染現象であった。しかし『公論』の極右化ほど極端な事例は他にない。編集長はもと改造の人であった。」前掲、大熊「大日本言論報国会の異常性格——思想史の方法に関するノート」一二頁注二一、前掲、大熊『戦中戦後の精神史』六三八頁。

＊27 西谷が大熊を批判した後、『公論』で書いたものである。
「生死を超ゆる経済への道」第六巻第八号、昭和一八年八月、二八—三三頁。

「尊攘維新経済論」第六巻第一〇号、昭和一八年一〇月、六二—七七頁。

橘孝三郎・西谷弥兵衛「大東亜戦争と農村問題」第七巻第一号、昭和一九年一月、三九—五〇頁。

「戦争と中小工業」第七巻第四号、昭和一九年四月、一二—一八頁。

「日本戦力の構想——その思想的意義に就て」第七巻第五号、昭和一九年五月、一六—二三頁。

「日本科学技術戦争論」第七巻第八号、昭和一九年八月、一五—二〇頁。

＊28 この『公論』記事について、山領健二は次の指摘をしている。「大熊はこの雑誌の中で便乗的「革新」経済評論家たち、神がかり国体論者たちの双方に真正面からの論争を挑んだのであった（だがその大熊に対しての「大たわけ」という西谷弥兵衛の評言（昭十八・七）などに『公論』は誌面を許し、やがて大熊の名を誌面から完全に追放した）。」山領健二「『革新』と『公論』（二）」『文学』第三〇巻第一二号、昭和三七年一二月、五八頁。のち、「翼賛体制下の総合雑誌——『革新』と『公論』」と改題され、『転向の時代と知識人』三一書房、昭和五三年、に所収。

＊29　矢部貞治『矢部貞治日記　銀杏の巻』読売新聞社、昭和四九年、六三一頁。

＊30　同右、六三五頁。これに関連して海軍の高木惣吉の昭和一八年の日記に次の記述がある。「七月二十七日　火　晴　一一三〇、谷川徹三、大熊信行両嘱託来訪。〈初め矢部〈貞治〉、谷川、大熊三氏の予定だった。〉官舎ニテ中食ヲ共ニシ種々東京言論、思想界方面ノ近況ノ話アリ。一五〇六ノ京都行ノ汽車ニテ両氏ヲ送ル。」伊藤隆編『高木惣吉　日記と情報』下巻、みすず書房、平成一二年、六八〇頁。

＊31　大熊信行「告白」『季刊　理論』春季一号、昭和二二年五月、「告白・国体」、前掲、大熊『戦中戦後の精神史』三五二―三五三頁。

＊32　資料的には確認できていない。玉城素は「大熊の理論が、当時の国体論者に「大逆思想」視されたのも、もっともである」とし「かれはこともあろうに国家に対して「思想」を要求したのだから」としている。前掲、玉城「大熊信行の「人間」論――マルクス遺産継承のこころみ」七九頁。

＊33　前掲『高木惣吉　日記と情報』下巻には、高木惣吉略歴がある。その中に次の記述がある。当時、大熊が海軍〈高木惣吉〉と海軍に集まった知識人とで接触していたことがわかる。具体的な大日本言論報国会の言動の軌跡を実証的に述べるものである。

昭和一五年六月「ブレーンの確保は和辻、谷川、大熊教授のように高木直接の依頼のほかに、中山伊知郎海大嘱託教授による赤松要、坂垣（ママ）与一両商大教授の、天川嘱託からの慶大加田哲二教授の推挙等、また矢部嘱託には昭和研究会、東亜研究所から適任者を選びだすよう依頼する措置も併用された」〈下巻、九八九頁〉

昭和一五年一一月頃「調査課ブレーンの活動逐次始まる〔新体制対策立案に関連、10月より発会した国防経済研究会（大熊、武村、永田、板垣、大河内）、政治懇談会（矢部、岸本、佐々、田中、湯川ら）は主として翼賛会発足後の政治体制研究。外交懇談会（三枝、神川、高木八尺、松下ら）、思想懇談会（和辻、谷川ら）、他に高木課長主宰の四大綜合誌編集長会談等が年内にスタートする〕」（下巻、九九〇頁）

昭和一八年七月下旬「調査課谷川徹三、大熊信行両ブレーン来訪、最近の東条内閣による言論弾圧、思想取締目に余るものありと陳情〔調査課扇課員に、矢牧課長から次官に問題をあげ、次官レベルで解決するよう策を示唆。結果は札付き報道部員の更迭に及び決着〕」（下巻、九九一―九九二頁）

昭和二〇年一一・一二月「「終戦覚書」を岩波新刊「世界」に寄稿応諾〔一一月某日岩波書店往訪の際、ブレーンであった和辻、谷川、大熊らに再会、高木終戦工作を仄聞していた和辻にせがまれ重い口をひらいたが、和辻は同席の岩波を促し新刊「世界」への掲載を迫り、高木固辞するも匿名条件で応じた。翌年三、四、五月号に連載実現〕」（下巻、九九六―九九七頁）

＊34　前掲、大熊「大日本言論報国会の異常性格――思想史の方法に関するノート」九頁、前掲、大熊『戦中戦後の精神史』六三三頁。

また、大熊信行の海軍との関わりについては、注31で引用した以外に次のものがある。

「海大研機密報告第八号付属論文其ノ四　昭和十五年八月七日　海軍大学校研究部　国家総力ト人間生産（「総力科学」ノ基礎概念）一―三）」（柴田紀四雄氏所蔵）、という海軍大学校で講演した際の資料があり、『政治経済学の問題』日本評論社、昭和一五年、第一部第八章「国家総力と人間生産」に加筆修正され、掲載されている。

また、伊藤隆編『高木惣吉　日記と情報』上下巻、みすず書房、平成一二年には、次の記述があった。長くなるが、大熊を行動の一端を知る上で重要であるので引用する。

昭和十五年

「四月二日　火　曇〔中略〕正午水交社ニ高岡高商教授大熊信行氏ヲ招待。学校側、高木、富岡、天川。」（上巻、四一〇頁）

「七月十九日　金　晴　酷暑〔中略〕一五〇〇ヨリ水交社ニ行キ、大熊教授ノ話ヲ聞キ、一七〇四新橋発ニテ帰ル。」（上巻、四二二頁）

「八月十二日　月　曇〔中略〕一一三〇水交社ニ行キ、一二〇〇ヨリ大熊、加田、武村〔忠雄・慶応大学教授〕三氏ヲ招キ、海軍ニテ与論指導、思想善導ニ関スル外廓タラシメントスル紹介顔合セヲナス。」（上巻、四三九頁）

「十月八日　火　晴〔中略〕今夕、大熊、武村、永田、板垣、大河内等ノ発唱ニ係ル国防経済研会（ママ）如水会館ニテ発会式挙行。」（上巻、四六六頁）

「十二月二十三日　月　曇〔中略〕一八〇〇築地宝屋、大熊、加田、武村三氏ト会合。」（上巻、四八六頁）

昭和十六年

「一月二十三日　木　曇ニ時々晴〔中略〕夜、大熊〔信行〕氏出発〔注〕一月二十五日　手帳より。」

（下巻、五〇四頁）

「二月十五日　土　一一〇〇山王ホテル。大熊氏来訪。一二〇〇山王ホテル。一八〇〇セン月会、国防経済研究会。〔注〕手帳より。〔注〕二月十七日　手帳より。一二〇〇嵯峨野（加田、大熊、武藤、永田、大河内、高木、天川）。」（下巻、五一四頁）

「三月二日　日　雨　午前大熊信行氏力著『政治経済学ノ理論』ヲ読ム（総力配分原理）。」（下巻、五一七頁）

「八月十一日　月　曇　一一二〇二荒伯来訪。一一三〇大熊博士来訪。一二〇〇水交社ニテ調査課三人ト大熊氏ト会食。」（下巻、五五一頁）

「八月三十日　土　曇（中略）一二二〇嵯峨野。大熊、加田、永田、武村。当方高木、佐藤、扇、天川嘱託。」（下巻五五三頁）

「九月二十一日　日　晴（中略）夕食後西田博士、大熊博士ニ謝状ヲ認ム。」（下巻、五六一頁）

＊35　新明正道「国家論への関心の一軌跡――『国家科学への道』（一九三一年）から『国家悪』（一九五七年）へ」『国家論研究』第一五号、昭和五二年二月、三三―三四頁。

＊36　大熊信行・津久井竜雄「対談　戦争体験と戦争責任――戦争協力の体制と国家と個人の関係」『日本及日本人』第一〇巻第七号、昭和三四年九月、三五頁。「ハンセン氏病患者」は差別的な表現だが、引用のためそのまま使用した。

＊37　前掲、大熊「思想動向大観の態度」『戦中戦後の精神史』二七〇―二七一頁。

＊38　同右、二七一頁。

＊39　例えば、大熊は西谷の『公論』論説以降に次のような論文を書いている。しかし、以前に『公論』に何度も文章を掲載しているにも関わらず、その後は論文を掲載していない。

「政治経済学――国体問題と経済問題」、神戸商大新聞部編『経済及経済学の再出発』日本評論社、昭和一九年、四一―六一頁。

「産業国家体系論」『中央公論』第五九年第一号、昭和一九年一月、一二一―三七頁。

「教育国家体系論」『知性』第七巻第二号、昭和一九年二月、一三―二〇頁。

「大東亜戦争と学者」『理想』第一五四号、昭和一九年三月、九―一八頁。

「兵・労・学の一体性――教育国家体系論（二）」『知性』第七巻第五号、昭和一九年五月、九―一五頁。

「国体と時務」『中央公論』第五九年第五号、昭和一九年五月、一六―二五頁。

「一章　国家総力戦の基礎」、土屋清編『日本総力戦経済論』柏葉書院、昭和一九年、一―四一頁。

＊40　小宮山量平『戦後精神の行くえ』こぶし書房、平成八年、九七―九八頁。編集者小宮山量平の大熊に対するまなざしの高さは、昭和一〇年頃の小宮山と大熊の出会いにあるのではないだろうか。小宮山量平「荒野のオオカミたち」『千曲川　第2部　青春彷徨』理論社、平成一一年、二四二―二六六頁。

＊41　前掲、大熊「大日本言論報国会の異常性格――思想史の方法に関するノート」二一頁、前掲、大熊『戦中戦後の精神史』六一八―六一九頁。

＊42　大熊信行「言論界の責任」『同盟通信・時事解説』第三五六三号、昭和二〇年一〇月三日、一八〇三―一八〇六頁、同「(文芸) 編集者はなにをしてきたか――反省はちちとして進まず」『時事通信・時事解説版』第四五六号、昭和二二年五月二〇日、八四五―八四六頁、同「(文芸) 雑誌はおもしろくならない――執筆者と編集者いずれの責めか」『時事通信・時事解説版』第四六七号、昭和二二年六月二日、九二七―九二八頁、等があげられる。

＊43　大熊信行「(思想) 知識階級の根本問題――まだ表現されてをらぬ苦悶のこと」『時事通信・時事解説版』第一九四号、昭和二一年六月二九日、一一七七―一一七八頁。

＊44　同右。

＊45　大熊信行「知識階級の根本問題――苦悶はまだ表現されてゐない」『戦争責任論』唯人社、昭和二三年、一〇〇頁。

＊46　黒田秀俊『血ぬられた言論――戦時言論弾圧史』学風書院、昭和二六年、六九頁。

＊47　西山正夫「京都哲学派弾圧の経緯」『太平』第二巻第二号、昭和二一年二月。

＊48　「西山正夫」の記述に関しては、前掲、赤澤「大日本言論報国会――評論界と思想戦」では「池島重臣」となっている。しかし、前掲、黒田『血ぬられた言論――戦時言論弾圧史』の「人名索引」などでは「池島重信」と記載があるので「池島重信」とした。「池島重臣」という人物は調べてみたがわからなかった。

＊49　池島重信「思想家は何をしたか (二) ――日本思想言論界の二十年の批判――」『世界評論』第一

巻第二号、昭和二一年三月、九六頁。

＊50　同右、九三頁。

＊51　「しかし、京都学派の評論をこのやうに呼ぶについては、大熊信行博士が指摘されてゐるごとく十分な根拠がなければならず、もし根拠があるとすれば、左様なものを発表した人々を官憲が黙視してゐるのも不思議千万なことであり、これに関して京都学派の人々の側から、弁明や論駁がないのも一向腑におちないことなのだ。またさらに一層不思議といふべきは、問題の京都学派の人々の多くは、現に大日本言論報国会の理事または評議員であるにかかはらず、報国会としては右によつて除名その他の沙汰も聞かぬことだ」（『時論要解』昭和十九年九月十九日号）」前掲、西山「京都哲学派弾圧の経緯」二八頁。引用されている大熊の論文は、調査をしたが見つからなかった。しかし西山（池島）が、戦前の大熊の文章を引用して京都学派について述べていることはわかる。

＊52　側瀬登『池島重信先生年譜、著訳書目録』私家版、平成六年では、池島は「日本出版文化協会雑誌課長」をしていたことが分かる。赤澤史朗は「この池島の捉え方は、言論報国会の理事であった大熊信行や『中央公論』元編集長の黒田秀俊によってもほぼ承認されている」としている。大日本言論報国会は旧日本評論家協会系と日本世紀社系の二つの系譜から成り立っており、中枢部は日本世紀社のメンバーで占められていたということである。前掲、赤澤「大日本言論報国会――評論界と思想戦」一六二頁。また、池島は、大日本言論報国会と大熊について、下記の談話でも述べている。池島重信「体当たりの文人」『大熊信行研究』第四号、昭和五六年三月。

第六章　戦後の柏崎図書館運動

——歌誌『まるめら』の終焉から戦後の復興を巡って

一　問題の所在

大熊信行が主宰した歌誌『まるめら』の同人であり、土田秀雄が主宰した凍土社の同人であった神林榮一[*1]は、戦後、柏崎市立図書館・新潟短期大学の附属図書館に、私費で図書を購入し、寄贈している。柏崎市立図書館には、戦後直後から亡くなるまで図書・雑誌を継続的に寄贈しており、図書費が少なかった時代の柏崎市立図書館にとっては大変な恩恵であった。昭和五一年には、自らが所蔵していた書籍の殆どを新潟短期大学に寄贈している。

戦後の柏崎ペンクラブでは、「蔵書家」と神林は自称した。神林にとって書籍は宝物であっただろうが、それ以上に、柏崎の文化発展・図書館の「質」的な向上を考えた人物であり、柏崎の図書館史にとって再評価をされなければならない人物である。

神林が書籍を購入し図書館に寄贈した理由を考える時に、柏崎商業学校教諭の頃の恩師であった土田や歌誌『まるめら』からの影響を見逃すわけにはいかないだろう。土田は、新潟大学短期大学部の教授在職中に亡くなるまで教育に関わり続け、凍土社の同人に慕われ続けた。神林は柏崎ペンクラブに所属し、凍土社にも重複して関わる仲間たちと遊んだ。「遊んだ」という表現は、一面で正しくないのかもしれないが、凍土社で短歌活動をしたり、レコードを聴いたり、文学作品を読んだりしたことを含めて、友人との交流を深めた。凍土社の短歌活動で培ったものが、柏崎ペンクラブで友人を増やし、戦後は、公共図書館・短大図書館に惜しみのない援助を促すことに繋がったと言えよう。勿論、ある程度の財力がなければできないことである。しかし、多くの日本人が戦争に巻き込まれ、敗戦という肉体的にも精神的にも大きな苦痛を蒙った中で、柏崎市立図書館に新刊本・雑誌を寄贈し続けたのは、普通では考えられないことであろう。

本稿では、昭和一三年からの『まるめら』や『越後タイムス』、凍土社の状況を考察するとともに、戦前における言論統制によって凍土社の短歌運動が事実上制限されていく様子を考察し、戦後、凍土社に関わった人々、土田秀雄・山田英一・神林榮一といった『まるめら』の同人やその周辺で活動した高橋源治などが、戦後どのように生きたのかを示したい。

二　大熊信行と歌誌『まるめら』の衰退

大熊信行の『まるめら』での短歌運動は、昭和二年一月の第一号の発刊から、精力的に行われた。大熊自身が『まるめら』の紙面に登場するのは、第三号からであるが、その後は精力的な歌作・歌論を展開した。『まるめら』に掲載されている大熊の文章は、同人であっても、時には評価し、時には批判し、決して仲間を誉めあうようなものではなかった。その短歌運動の影響は、

『まるめら』の同人ではない、大熊の勤務校の高岡高等商業学校の文芸部などの課外活動にも及んだ。

大熊について、文芸部員であり、『おにはす』という同人誌を作成した蒲生義雄（八回生）は、戦後次のように述べている。

私が高商時代のころ文芸の熱に浮かされた同志たち（工藤・安村・植村・中川喜・一級下の高松・井上君など）と同人雑誌おにはすを創刊して青春多感の情熱を謳歌したのも今は懐しい思い出となった。[*2]

この八回生というのは、高岡高等商業学校を昭和一〇年三月に卒業した学生であるが、この学生の一人に中川喜一という人物がいる。蒲生が「中川喜」と記述した人物は、中川喜一のことであろう。この人物は、文芸部誌『志貴野』の編集をしており、文芸部長をしていた大熊に密接に関わった人物であった。この中川について、叔父であった田中吉六による次の指摘がある。

さて、姉の長男中川喜一は、高岡高商に進み、主任教授の大熊信行氏に教えを受けていた。教授は経済学者であるとともに歌人でもあるので、喜一はその方の影響も受けたらしかった。〔中略〕

彼は思想的には一番私の影響を受けていて、いわゆる左翼であったが、高商卒業後、一九三八年（昭十三）産業組合中央金庫（現在の農林中央金庫）に入った。〔中略〕

彼が農林中金に入り東京にいた頃、私は独学で唯物論哲学や経済学の研究を続けていたが、貧乏のどん底にいて、とても本を買う余裕がなかった。それで、この甥に戸坂潤の全著作を買わせ、私はそれを借りて片端から読破して研究ノートを作成した。それは、戦後、私の処女出版となった『スミスとマルクス』（一九四八年）を準備する一端ともなった。[*3]

後年、著名な在野の学者になった田中が、自分の甥にマルクス主義の関連本を買わせた事実は、そのことだけでも興味深いが、中川が大熊の短歌の影響を受けていたことは間違いないと思われる。当時の中川は『唯物論研究』の中で、次の記述を残している。

私達田舎に居て同じ方向の勉強をしようとする情熱の持つた人の少ない点を私自身「唯研」によつて（高岡にはどの本屋にも売つてゐないので高商の調査課から借りて読むなり、富山で買ひ求めてもらつたりしてゐるが）[*4]鞭撻され指導されてゐるのである。

この文は「中川生」として投稿している。単なる田舎の学生が、戸坂の本や雑誌を読んでいたという事ではあるけれど、中川が高岡高等商業学校の調査課から借りて『唯物論研究』を読んだということは注目できる。当時の調査課長は大熊である。[*5] 大熊の調査課長の在任期間は、昭和二年九月一〇日―昭和四年三月一五日、昭和六年四月一七日―昭和一二年二月二六日であることから、大熊は、中川が高岡高等商業学校に在籍していた頃に調査課長であったといえる。大熊は海外留学をしていた期間を除き、調査課長を昭和一二年までしていた。調査課長の権限がどこまであったかはわからないが、高岡で入手困難の『唯物論研究』が、調査課で読めたということは、大熊自身が、左翼文献であろうと自由に読ませていたと考えられる。

なお蒲生義雄らが『おにはす』を発行していた「おにはす同人社」は、昭和一三年には警察によって監視されている。

これによれば検事局は一九三八年のはじめから高岡高商の「おにはす同人社」と富山高校の「白線文芸同人社」をマークしはじめたのである。しかし一九三八年末より高岡高商の「おにはす同人社」は無害のものとして外され、富山高校の「白線文芸同人社」のみに標的がしぼられる。[*6]

ただ、残念ではあるが、当時の『おにはす』を見る事ができないので、どのような紙面がマークされた原因であるかはわからないが、中川については次の記述がある。

同じ一九三七年一二月かねて計画中の雑誌「富山文化」（仮称）に戸坂潤「クリティシズムについて」巖木勝（岩倉政治）「郷土史について」の寄稿があったが、発刊まぎわになって滑川で全評・無産党への弾圧事件がおこり発行を中止せざるを得なかった。同誌の編集は成之坊忠一君、同人は中川喜一、寺田良蔵、清瀬辰雄などの諸君であった。[*7]

つまり、昭和一二年一二月に『富山文化』という雑誌が、警察による弾圧が原因で発刊中止になったが、その同人には、高岡高等商業学校卒業生の中川がいたのである。ただ、『おにはす』が警察に「無害」とみなされたのは、いわゆる「左翼」的な雑誌ではなく、文学や短歌を愛する学生の雑誌だったのかもしれない。問題は、学生の思想状況にまで権力が介入しているという事である。

では、『まるめら』はどうであったのかといえば、次の指摘がある。

こゝのか（中略）けいさつより　けいじ　きたり、「まるめら」の　ことを　きいて　ゆく。[*8]

これを見ると、『まるめら』の同人であり、編集に関わっていた佐野一彦[*9]のところに、警察が『まるめら』のことを問い合わせにきたことがわかる。昭和一三年九月には、『まるめら』も警察から監視されていたのである。[*10]

佐野は結果的に、昭和一四年以降の『まるめら』には一切寄稿していない。戦後に自費出版した『古体和歌山居六百首』に収録された「附録　まるめらぶり」[*11]の表題には、「自昭和六年　至昭和十四年」という記述があることから、佐野の中でも、『まるめら』の活動は昭和一四年に停止していたと考えられる。大熊の留学時代の友人であり、『まるめら』の編集並びに理論的な指導者であった佐野の離脱は、『まるめら』にとって非常に大きな損失であった。

『まるめら』の発行自体は昭和一六年一一月まで続くが、大熊自身は、第一三巻第八号（昭和一四年一〇月）には編集から離れており、実質的には、昭和一四年末には大熊の短歌運動も終わっていたと考えられる。勿論、『まるめら』同人達との精神的な結びつきや、歌論と編集において、大熊は『まるめら』に関わっている。だが、大熊があれだけ熱心に関わった『まるめら』は、昭和一四年三月と五月は休刊になっており、紙面の内容も、他の雑誌からの転載が多くなり、昭和一一年頃の『まるめら』と比べると貧弱な内容に変わっていった。

当時の富山県の言論統制を知るにあたって、次の指摘がある。

この十四年秋ごろから、県内で発行されている四新聞社を合併してはどうかという意見が出るようになった。政府が十三年九月に「新聞用紙供給制限令」を実施し、翌年の八月にはさらに強化の方針を固めたことも影響していると思われる。このころ、全国の新聞社は用紙不足から、減頁を余儀なくされている。十四年秋には、国策による新聞雑誌の整理統合で、全国の廃刊届は五百数十件に達していた。*12

このように、昭和一四年八月から、新聞雑誌の整理統合が行われていった。『まるめら』も、単なる注意であったのかもしれないが、言論弾圧を受けていた雑誌の一つであった。また、大熊自身が、歌作を昭和一一年から『まるめら』に出詠しなくなっていたことも、大熊にとって『まるめら』を思想的に存続させる理由にはならなかったのかもしれない。*13

三　『越後タイムス』の廃刊

大熊の短歌革新運動・和歌運動の影響を受けた第二期の凍土社は、昭和七年から一一年まで、精力的に柏崎において活動していた。

凍土社の終焉の時期の特定は難しいが、一つには、昭和一一年というのが区切りである。第四章で述べたように、最も精力的に活動した三井田一意が、昭和一二年末には柏崎を離れたためである。ここで完全に凍土社としての活動は停止になったと考えられる。

三井田が柏崎を離れる前に、『柏崎新聞』に二回にわたって歌を掲載している。みゐだ・かづい「やそのこゑ」（昭和一二年七月三日、一面）と、みゐだ・がづい（ママ）「柏崎歌壇　滞京日記抄」（昭和一二年七月九日、一面）である。この歌をみると、三井田が『まるめら』に出詠した歌も含まれている。なお、「滞京日記抄」という題は、昭和六年に大熊が出詠した「滞欧日記抄」を意識したことは間違いないと考えられる。つまり、三井田は大熊の影響を強く受けており、掲載されている歌も、『まるめら』にいつでも転載できるようなものばかりである。

ただ、それにしても、三井田が何ゆえ、凍土社と関係の深かった『越後タイムス』ではなく、昭和一一年一二月頃に発刊された『柏崎新聞』に出詠したのかはよくわからない。推測では、『柏崎新聞』編集兼発行人であった、宮島義雄との個人的な関係であろう。宮島は柏崎ペンクラブの会員であり、その同人としても、『越後タイムス』に文章を寄稿している。柏崎ペンクラブの活動として、次の内容の記述がある。

柏崎ペン倶楽部では予て文藝春秋社内菊池寛氏肝煎になる皇軍将兵慰問を目的とする前線文庫の趣旨に賛し会員中より図書雑誌類を寄贈すべく取り纏め中であつたが、図書四十五冊、雑誌十二冊、合計五十七冊に達したので、去る十九日之れを荷造りし文藝春秋社宛発送した。*14

その寄贈した二九人の大半の同人が、一冊か二冊であったのにも関わらず、神林は「思想の朝一　旅だより一　銃剣は耕す一　戦はこれからだ一」と四冊も寄贈している。戦前は、本が大変貴重な時代であり、特に、戦争のためとはいえ、寄贈するのは大変な気持ちの整理が必要であったのかもしれないが、この寄贈した人物の中には、凍土社の同人であった高橋信行（源治）・山田英一・郡司公平が含まれている。その意味では、当時の柏崎ペンクラブというのは、柏崎を代表する若手が参加しており、その紙面には当時の青年の心情が良く表れていた。

時代の流れは、『まるめら』と同じく、『越後タイムス』にも言論統制は行われていった。当時の時代の雰囲気について、「私の生活設計――柏崎ペン倶楽部同人」と題された記事で、『まるめら』同人の神林は、「願ひだけ」と題した次の文を書き残している。

この年の予感はあまり良くありません。不安なもののうちに閉ざされて終るのではないかと考へてゐます。毎年が予測されないと云ふ事は知つてゐますが、今年は激しいのではないかと思つてゐます。[*15]

神林が、時代の中で、苦悩している様子が出ている。また、同じく同人の山田（嶺田芳郎）も次の歌を残している。

うなり　ふきまくる　あらしなか、こらへ　こらへぬく　をぐさを　みよ、そのちからを、根をはつた　たしかさをこそ。[*16]

この歌は、「まるめら調」の歌である。しかも、嶺田芳郎というペンネームは、その後『越後タイムス』紙面から消えていくのである。また、不思議なのは、昭和一三年一月一日には嶺田のペンネームで書いているが、その次の一月一六日号には、「新春の詞」という「まるめら調」の歌を山田英一の本名で出詠しているのである。[*17] これは、大きな変化が周辺で起こっているという暗示であると考えられる。

また、「まるめら調」の歌は、凍土社同人であった郡司公平によって何度も『越後タイムス』で歌われた。例えば、「はるのゆき」（昭和一三年二月二七日、四頁）〔三首〕、「戦線に贈る——ぼくらの言葉——岡塚亮一君　渡邊憲二君[*18]」（昭和一三年六月一二日、五面）〔四首〕がある。特に印象的なのが、岡塚に対して詠んだ次の歌である。

かなしみを　よろこびを　たのしさを　生き死にも　いまは　こゝろはだかに　わかちあ
ふ　すめらみくみに（ママ）の　いくさのにはに　めされし　おのこら[*19]

結果的には、「まるめら調」の歌は、凍土社同人であった郡司公平の「あらし」（昭和一三年一二月一日）の歌が、『越後タイムス』に掲載された最後の歌といえる。「まるめら調」の歌が、戦争に行く兵士の心にどこまで深く届いたのかはわからないが、明らかに山田（嶺田）・郡司は暗い戦争の予感を感じており、その表現方法として「まるめら調」の歌を使っているのである。昭和一四年になると、『越後タイムス』紙面から、「まるめら調」の歌が消えていく。佐野の『まるめら』からの離脱と同じく、時代が『まるめら』の自由な表現方法、言論を認めていかなかった姿なのかもしれない。当時の新潟県の言論統制について、『新潟県史』ではつぎの指摘をしている。

言論統制の一環として、新聞の整理統合も行われた。強制的に統廃合するより、「新聞用紙制限令」を出し、糧道を断つ手段が講じられた。新潟県では十五年七月に旬週間紙が一斉に廃刊され、ついで日刊一一紙が姿を消した。廃刊された日刊紙は「新潟毎夕新聞」「新発田新聞」「村上新聞」「上越日報」「柏崎日日新聞」「柏崎日報」「長岡日日新聞」「高田毎日新聞」「佐渡日報」「佐渡毎日新聞」「佐渡新聞」であり、残った新聞は「新潟新聞」「新潟毎日新聞」「北越新報」「越佐新報」「高田新聞」「高田日報」の六紙であった。[*20]

この指摘は、新潟県全体の歴史としては正しいのかもしれないが、『越後タイムス』のような小さな新聞には当てはまらない。[*21] 例えば、『越後タイムス』と同じくらいの歴史をもつ『中越新報』では、廃刊の理由を次のように述べている。

我新聞界にもこの統制一元化が唱導され、全国的に新聞統制が行はる、事になり本県内に在ては大体本月末を以て週刊以下の新聞紙は所謂国策協力の名に依つて廃刊の運命に遭到するに至つた。[*22]

『中越新報』は、昭和一四年六月二六日に廃刊に追い込まれた。『中越新報』の終刊号を読むと、三島郡の文化発展の機関紙として発展してきたことが記されており、『越後タイムス』と文化発展という意味で、同じ方向性をむいていたと考えられる。また、『小千谷市史』では、『小千谷タイムス』について次の指摘がある。

昭和十四年六月二十八日付創刊二十五周年号を最後として用紙統制によって廃刊するまで、政界・経済界の激動のはなはだしかった時期に、そうした中立的性格の新聞が果たした役割は貴重であった。[*23]

昭和一四年には、他にも三条市の『北越公論』[*24]なども一斉廃刊に追い込まれており、新聞の内容ではなく、新聞・雑誌の発行部数[*25]などの問題による廃刊であったとも考えられる。ただ、『越後タイムス』の終刊号は、昭和一四年六月末ではなく七月末であることから、次の指摘が興味深い。

ちらと話をきいたのは四月の末であつた。〔中略〕ところが、いよいよ六月かぎりらしい、それにしては、二十五日の月末号になにもその断りが出てゐないのが変だ、一と月のびたのかな、といふ話しを石黒ダンナに聞いた。

いつもキチンと月曜の朝の第一便で配達されるタイムスが、七月三日の朝は姿を見せなかつた。〔中略〕すると、あくる火曜の朝ひよつこりタイムスが訪れて来てゐた。[*26]

つまり、六月末に終刊にするという話があったが、抵抗が一カ月間あり、遅配なども起こっており、当局も、他の新聞と同様に六月末に廃刊させられなかったと考えられる。[*27] 当時の『越後タイムス』主幹の中村葉月は次の証言を残している。

いつか書くことになるだろう『越後タイムス百年史』のための取材ということで、タイムスの三代目主幹・中村葉月の長男・達太さんをお尋ねした。〔中略〕一番の疑問は、戦時統制によって「柏崎日報」が休刊となるのが昭和十五年十一月、一県一紙体制によって県内三紙が合併して「新潟日報」が誕生するのが昭和十七年であるのに、「越後タイムス」がはるかに早い昭和十四年七月に休刊となっている事実だった。達太さんによれば、葉月は生前「警察や軍部に、国威発揚の姿勢がなく、軟弱な新聞と見られていて、休刊を迫られた」と話していたという。文学や芸術に拘泥する「越後タイムス」は戦時体制に合わない新聞と見なされていたのだ。[*28]

『越後タイムス』が戦時体制に合わない新聞というのは、そのとおりだと思われる。それは、大熊や土田の展開した『まるめら』の短歌運動が、明らかに戦争を賛美する歌を作るわけでもなく、当時の民衆の「生活」を歌うという姿勢が貫かれたものであったからである。だからこそ、そのような歌などが掲載された『越後タイムス』は廃刊され、柏崎ペンクラブも解散してしまった。つまり、『まるめら』や『越後タイムス』の廃刊は、当時の暗い世相からすれば当然であり、文化の停滞であった。

戦後神林が、図書館の寄贈図書・図書館運動を展開していくのは、その文化の停滞を、少しでも以前の状態に戻すという試みであったと考えられる。

四　戦後の出発——神林榮一と寄贈本

昭和二〇年八月一五日に、太平洋戦争が敗戦により終結した。九月一一日に柏崎市立図書館の業務が復旧した。『柏崎市立図書館六十年史』によれば、次のとおりである。

柏崎の戦後の文化活動は、昭和二十年の十二月柏新時報創刊、柏崎婦人会結成、昭和二十一年一月の越後タイムス復刊、同二月新生女子青年会結成、柏崎吹奏楽団再編成、同三月北陸経済新報創刊、同四月日本児童文化研究会発足、四月民主学院開講、柏崎ペンクラブ結成、などの活動からはじまっている[*29]。

言論統制などによって廃刊・休刊に追い込まれ新聞各紙が、この時期に復刊が行われるのは当然ではあるが、青年会・吹奏楽団・ペンクラブなども、敗戦から一年後には再結成された。これは「文化」の町である柏崎らしい。また、当時の図書館長の角張信隆は、図書館の民主化の為に、図書館委員会を設置するように市長に求めている。昭和二一年五月一日の意見書によって委員になったのは、次の通りである。

近藤禄郎、西巻達一郎、神林栄一、長納円信、中村毎太、布施達子、吉浦栄一、桑山太市、伊藤誠、斎藤準次、郡司良平[*30]

その上で、委員会の委員長に斎藤、常任委員として西巻・郡司・神林が選ばれた。西巻は、柏崎ペンクラブのまとめ役で、「喫茶タカラ」の店主で、西巻醤油店の主人であった。また、郡司良平は、旭町で続く味噌屋の主人で、当時「アサヒ書房」という貸本屋を始めていた。郡司良平の親戚に凍土社の一員であった郡司公平がおり、公平も古本屋を営んでいたが、戦後は廃業していた。この三人が選ばれたのは、図書館というより、本についてよく理解しているという意味であろう。神林についてのエピソードを、凍土社同人であり、『まるめら』の同人であった石井公代は、次のように述べている。

彼の蔵書について西巻達一郎氏が『書物を読みたい時は神林栄一君か高橋源治君の所に行けば何でも在る』と書いていたのを想い出す。故に彼は政治経済の一般から思想・歴史・文学・美術の領域に至るまで該博な智識を有して、何事にも勝れた一見識を持っていた。[*31]

これは神林の追悼文であるので、鵜呑みにはできないが、かなりの蔵書をもっており、読書家であったために、常任委員にも選ばれたのだと考えられる。昭和二四年に柏崎市立図書館長に就任した布施宗一は、当時の状況を次のように書いている。

前述したやうにその地の文化は図書館に平行してゐる。柏崎図書館も前年に比すれば二倍、三倍の利用者がある様になり閲覧室も狭隘を感じ、ようやく人々に認められる様になつて来た。しかし現在不満に思つてゐる事は図書購入費が柏高よりも少ない、館が狭い、腐朽してゐる、来年こそは何としても改築して貰ひたい、これは贅沢に云つてゐるわけではないので市民一般からも理解を望むものである。[*32]

この布施館長の嘆きに近いような記事は、昭和二六年のものではあるが、柏崎高校よりも一つの市の図書購入費が少ないというのは、尋常ではない状況であったと考えられる。『柏崎市立図書館六十年史』をみても、昭和二〇年（二千円）、昭和二三年（三万六千円）、昭和二五年（一五万円）、昭和二七年（四〇万円）というように、図書購入費は昭和三九年（七〇万円）までずっと上昇している。[*33]勿論、物価高騰のインフレーションで、円の価値も変化しているので、昭和二〇年の二千円と昭和三九年の七〇万円では比較にはならないだろうが、戦後直後は図書購入費に非常に苦労していたことは間違いないだろう。『柏崎編年史』の年表の昭和二四年四月一日の欄に次の記述がある。

柏崎市立図書館、閲覧無料のところ、一日一円、館外持ち出しは一か月一般三〇円、学生一〇円となる（〜26・3・31）。[*34]

つまり、本来であれば、図書館は無料が原則であるが、当時の柏崎市立図書館は無料では維持できず、昭和二六年まで有料であった。少なくとも、昭和二〇年から二六年の柏崎市立図書館は、そのような状況におかれていたのである。高橋源治は、次のように述べている。

高橋　話が変りますが忘庵門下、タイムス同人、桑山さんに愛された神林栄一さん、柏崎一の読書家で柏崎図書館の大恩人です。戦中に始まり戦後五年位は、神林さんの新刊寄贈本で、館は漸く面目を保ったんです。一千冊近くになると思います。他に神林さんは今の産業大学に、五千二百冊の神林文庫を、そして大学図書館の知性の象徴『読書三到』（朱子）忘庵刻の木額も神林さんの寄贈です。[*35]

高橋の指摘は、まさにこの柏崎市立図書館の悲惨な時期について述べている。この事について、『柏崎市立図書館六十年史』には次の指摘がある。

昭和二十二年　図書一二〇冊　レコード愛好会
同　図書五〇冊　神林栄一氏　神林氏の寄贈は、この時以来現在まで毎年つづいている。[*36]

個人として、五〇冊は非常に多い寄贈図書であると考えられる。神林の寄贈は、昭和二二年三月二日に北原白秋『薄明消息』（アルス、昭和二一年）から始まっている。[*37] 昭和二二年は六六冊の本を寄贈している。また、神林の図書の寄贈を評価した高橋も、昭和二二年に一六冊を寄贈している。[*38] そのほとんどが新刊書籍である。

このように、神林は、柏崎市立図書館が厳しい経営状態の中、私費で図書購入をして図書館に寄贈した。[*39] この事に関して、土田は自著で次のように述べている。

> 歴史の筆を休めて、再び生きた柏崎商人の姿を追うことにしよう。
> この夏、私は機会を得て柏崎を訪れた。昔私の担任であった柏商の卒業生の高橋源治君同窓の神林栄一君たちの招きによる久しぶりの柏崎訪問で、宿は高忠さんの邸宅へ案内をうけた。高橋君は県下第一の自転車問屋、柏崎ロータリー創設者の一人であり、近代的知性の人、柏崎の未来を担う若い世代の実業家群のトップに立っている。神林君は家業の牛肉商を継いだ野人趣味横溢の人、珍らしい読書家でまた市立図書館の充実には世人の知らぬ陰の努力を続けている人だ。神戸から馳せ参じた石井公代兄と四人で鯨波、米山峠、番神岬と散策した半日の思い出は素晴らしい。読書、文学、映画、時代批評など、当日の話題を綴るだけでも数篇の随筆にある。[ママ][*40]

戦後も、凍土社のメンバーであった土田・石井・神林・高橋の交流の情景がわかる文章である。恩師である土田も、神林の図書館への努力を認めていたのである。

五　土田秀雄と柏崎専門学校――柏崎短期大学・新潟短期大学の成立過程

新潟短期大学〈現新潟産業大学〉の「神林榮一文庫」成立には、その図書館運営について触れる必要性がある。新潟短期大学の前身の柏崎専門学校の設立過程について、土田秀雄は、自らの当時の日記を、『越後タイムス』の「柏崎短大創立十周年記念特集」に寄稿している。

柏崎の大学も既に十年の歳月を重ねた。柏専と言う呼び名は、もう過去のものとなつたが、自分としてはこんなおりにでも、柏専創立の頃の古い日記を取り出して、思い出を懐しんでみたい気もする。

他人さまに自分の日記を読んで頂くなど、おこがましいことだが、そこは曽つてタイムス同人であつた気易さに、誰れ彼れの同人日記に真似て、こゝに掲載することを許して頂こう。見方によつては短大生い立ちの記ともなるだろうから。〈中略〉

〈昭和二十二年〉五月七日〈水〉雨。

省線の窓から、武蔵野の面影を追う。何年ぶりかの郊外電車。国立駅を下り立つ。懐しい並木道。大学では図書館の山口君と会う。桐田尚作君と教授招聘につき懇談の予定のところひと足違いで帰られたあと。置手紙を山口君に托す。柏商時代の仲間だつた霜鳥、堀田、直江の三先生が奇しくも商大図書館勤務。午後三時半頃、三人で経済原書の輪読会の時間だと言つて部屋を出て行かれた。うらやましい勉強ぶり。[*41]

柏崎専門学校設立の頃、昭和二二年五月七日に国立の商大（東京商科大学、現一橋大学）図書館に土田が行っている。土田は、大連高等商業学校から帰柏後、柏崎専門学校のスタッフ集めに尽力していることがわかる。

五月十七日（土）晴。〔中略〕
大熊信行先生から来信。スタツフに就ての助言あり有難し。[*42]

五月一七日の日記には、大熊からの手紙が届いたとの記述がある。土田が大連から帰郷して数カ月後には、大熊から手紙があり、柏崎専門学校のスタッフについての助言を受けていることがわかる。[*43]

そのスタッフについて、柏崎専門学校第一回卒業生の高橋章[*44]は次のように述べている。

初代土田校長は歌人でもあり、学生の自治会活動や文化運動に協力的であった。ガリ版刷の学生新聞も何号かつづいたし文芸誌もでた。演劇部は長岡で開かれた甲信越学生演劇コンクールにも優勝した。

わずか三年間であったが学習にも恵まれた。地方の小さな専門学校に羽仁五郎や向坂逸郎が招かれてやってきた。当時の学生にとっては衝撃的な記憶に残る講義であった。[*45]

太平洋戦争が終わってわずか二年、しかも土田自身は、大連でソ連軍に抑留生活をしており、昭和二二年の初春に、やっと柏崎に戻ってきたばかりであった。同年六月二日に柏崎専門学校の入学式が行われたのであるから、スタッフを集めるのに、土田には相当の苦労があったと考えられる。よって、大熊に尋ねて助言してもらったのも理解できる。

当時のスタッフにどのような人物がいるのかはわからないが、三年後の短大昇格時の柏崎短期大学のスタッフは次の通りである。

柏崎短大スタッフ

▲学長　森下政一（元関西大学教授、同大阪市教育会長、参議院議員）財政学

▲専任教授　土田秀雄（現柏専校長）経済政策、松沢兼人（前関西学院教授）経済学（本県出身）

▲兼任教授　山田雄三（商大教授）経済原論、平岡市三（日大教授・経博）経営経済学、勝呂

弘（明大教授）同

▲助教授　坂野高次（現柏専教授）霜鳥誠一（同）江口巳与吉（前ハルピン学院教授）柳昌平（前大連高商教授）

▲専任講師　星野徳市郎（現柏専教授）曾田英宗（同）渡辺弘（同）長納円信（元竜谷大学教授）小林正治（元富山高校教授）〔中略〕

▲臨時講師　向坂逸郎（九大教授）経済学、羽仁五郎（参議院議員）史学、川野重任（東大助教授）農業経済、遠藤相吉（同）財政、藤井進一（早大教授）法学[*46]

このスタッフの顔ぶれを見ると、山田雄三は東京商科大学の同級生であるし、星野徳市郎は柏崎商業学校の頃の同僚であり、霜鳥誠一と柳昌平は柏崎商業学校校長の頃の教諭であった。また、渡辺弘は柏崎商業学校の卒業生である。前述の高橋が指摘した向坂・羽仁も、臨時講師として講義を受け持っていたことがわかる。このように、昭和二二年六月の柏崎専門学校開学から昭和二五年の柏崎短期大学への改組の移行期は、土田の人脈の一橋の関係者と柏崎商業学校の関係者が多かった。また霜鳥は、商大の図書館に勤務しており、柏崎短期大学の頃から、昭和五二年四月二三日に新潟短期大学の学長に就任するまで、ずっと図書館長を務めていたようである。[*47]

六　新潟短期大学と「読書三到」――昭和三〇年代―四〇年代

昭和二五年、土田秀雄が柏崎短期大学を退職した。当時の新聞によれば、創設者である下条恭兵と土田による、学校運営を巡る路線対立があったようである。土田は、その後家庭裁判所に勤務した。柏崎短期大学は、昭和二五年から二七年までの間、下条恭兵が経営権を手放すまで混乱が続いた。二六年八月、柏崎市当局に協力を要請し、一二月に短大存続の助成が市議会で可決された。土田が柏崎専門学校の校長であった頃から給料支払いの遅延などが続いていたので、経営的にある程度の見通しがたったのは、昭和二七年からであったといえる。

この時期の柏崎専門学校から柏崎短期大学の図書館の設立について、『図書館利用の手引き』一九八九年版の中で次のように述べられている。

昭和二二年六月の旧制柏崎専門学校（本校の前身）の開校時、学校の蔵書は皆無であった。とりあえず、読書室とでも呼ぶべき図書室を開設。近い将来の付属図書館の開設を目標に、学生の旺盛な読書欲と知識欲を刺戟剤にして、学校創設者の下条恭兵先生も全教員も図書の充実のため集書に努め、翌二三年三月末には、辞書・辞典類をはじめ、経済学・家政学の吟味された基礎的・基本的な和洋の専門書がほぼ一〇〇〇冊になった。

こうした努力と実績は、付属図書館設置への強い胎動となり、同年四月、大学図書館の経験豊かな霜鳥誠一氏（元学長、現講師）着任によって、この一〇〇〇冊の蔵書を母体に付属図書館が誕生、直ちに図書館としての整備・充実の努力が始められた。*[48]

柏崎専門学校が開校してから、苦労して図書を集めたことがわかる。また、当時商大図書館に勤務し、土田が校長であった頃の柏崎商業学校の教諭であった霜鳥誠一が着任して、図書館の運営を行っていたことがわかる。また同書では、次のように述べられている。

こうして昭和二五年三月末、短期大学（経済科）昇格時の蔵書はほぼ七〇〇〇冊に達し、うち、五〇〇〇冊近い本が下条先生の手によって集められたもののように記憶している。短大昇格時、「蔵書数は少ないが、質の高いものだ。」との評価を受けたが、その頃から一般学外者の利用も多くなり、他大学の教員への貸出しも目立つようになった。

翌二六年、経営危機に直面。購入冊数がほとんどゼロに近いまでに集書ペースは落ち込む。そして、教員・学生・市民の協力と柏崎市の援助とで危機を脱出した二七年以降は、学内の理解もあって集書ペースは急速に復旧し、加速した。*[49]

二九年四月、館長の補佐として常勤専任の司書が図書館業務に就き、同じ四月には教員養成課程が認可されて、その以後教育学関係の図書の充実も社会科学系の集書と併せて進められるようになった。[*50]

このように、昭和二九年四月に専任の図書館員が配置されることになり、その意味では、短大図書館としては、この時期から本格的な図書館運営が始まったと考えていいだろう。また、昭和二九年四月から、教員養成課程の認可がおりたことも、柏崎短期大学にとって大きいことであった。

昭和三一年四月から司書教諭のコースも新設された。当時、県内でも司書教諭の科目を開設した学校が少なかったこともあり、新潟大学と柏崎短期大学（昭和三三年から新潟短期大学と改称）で科目が履修できるようになったことは画期的なことであった。[*51] また、昭和二四年九月〜昭和三七年三月まで新潟県立図書館長であった渡辺正亥が、司書教諭の非常勤講師として柏崎短期大学に来校した。[*52] 渡辺は、新潟県の図書館運動に力を注いだ人物であり、柏崎短期大学の司書に対しても指導をしており、県立図書館と短期大学図書館の相互交流が行われた。

渡辺は、昭和三三年の「今後どのような点に努力すべきでしょうか」というアンケート問いかけに、「県学校図書館協議会・公共図書館関係の立場から」次のように答えている。

1　司書教諭と学校司書との職責を明確にすること。

2　司書教諭による読書指導と利用指導の徹底。
3　司書教諭ならびに学校司書の公共図書館・公民館その他類縁関係との積極的協力提携。
4　学校司書の充実（質・量ともに）。
5　学校司書養成機関の特設と、その促進を図ること。[*53]

公共図書館の館長である渡辺が、公共図書館について第一とするのではなく、司書教諭や読書指導を最初に述べていることが指摘できる。それだけ、渡辺は司書教諭の育成に力をいれており、その一貫として、柏崎短期大学の非常勤講師を引き受けたのだろう。渡辺が順天堂大学の図書館長に就任するために新潟県立図書館長を退任した後は、新潟県立図書館の整理係長を勤めていた落合辰一郎が司書教諭の非常勤講師を引き継ぎ、その後は霜鳥が司書教諭の科目を教えた。

なお新潟短期大学は、「読書三到」という思想を提示している。柏崎市立図書館所蔵の新潟短期大学のパンフレット（一九七二年）や、新潟産業大学の『図書館利用の手引き』一九八九年・一九九〇年・一九九七年・一九九八年・二〇〇〇年、各版など、どの資料をみても、「読書三到」という言葉が使われている。例えば、次の説明がされている。

宋の朱熹（しゅき）（朱子）の「童蒙須知」に読書三到なる言葉がある。つまり、読書の法は、口到、眼到、心到にある。即ち口に余事を言わず、眼に余事を見ず、心に余事を思わず、口と眼と心に全神経を集中して反復熟読すれば、その意を悟ることができる―という意味である。同じ朱子の「訓学斎規」にも読書百遍義自見という文章があり、何れも精読、熟読の勧めであろう。[*54]

この「読書三到」という言葉の説明は、「図書館の現況」の中でも使われており、蔵書数を述べた後に次の指摘をしている。

四〇年の歴史をもつ新潟短期大学から改組転換し、この四月から新潟産業大学が開学された。前項の書物を含めて、昭和六三年三月末現在の蔵書は、新潟産業大学が二〇、八〇〇冊、新潟短期大学が三〇、〇〇〇冊（寄贈図書を含む）雑誌は、産大が和洋六〇種、短大が和洋四〇種と、昭和六三年度は、一〇〇種類の雑誌と五〇、〇〇〇冊の図書を有している。このほかにも、各研究室に、研究所予算で購入された相当量の書物と雑誌、資料などが潜在的な図書館の蔵書として存在している。

産学住一体となった本学は、今後もより一層充実した図書館になるためにも、図書館研究員の知恵と力を借りて、幅広く、質の高い集書努力を続けなければならないが、「読書三到」して、この図書館から多くの人材が育つことを願っている。[*55]

つまり、「読書三到」は、図書館の人材教育のスローガンであり、精神的な意味で、新潟短期大学の人格教育を支えているものだと考えてよいだろう。また神林は、昭和三七年に柏崎安田に校舎が移転した時、新しい学生閲覧室に、『越後タイムス』の主幹でもあった書家勝田忘庵の書と篆刻になる「読書三到」の額を寄贈している。[*56] また、次の指摘もある。

戦後の学生は本を読まなくなったといわれるが、本学では、学生の読書指導を大切にし教授の推薦図書の発表、読書会の育成、学生の書評募集等を行い効果をあげている。[*57]

これは、昭和四七年に出版されたパンフレットであるが、読書指導・読書会の育成を提示しており、まさに「読書三到」の考えを実践したものであるといえる。勿論、この「読書三到」の思想的な裏側には、昭和三〇年代に渡辺正亥が考えていた図書館のあり方・読書指導のあり方の影響がないとはいえない。こうして考えていくと、昭和三〇年代から昭和四〇年代[*58]の柏崎短期大学及び新潟短期大学は、小さな短大ではあったが、図書館運動・教育に熱心な学校であったといえよう。[*59]

七　「神林榮一文庫」と「土田秀雄文庫」の成立――昭和五〇年代

昭和五一年二月二日、新潟短期大学図書館に神林の文庫が寄贈された。『越後タイムス』に「大量五千冊にのぼる「神林文庫」が　新潟短大図書館へ寄贈」という記事（資料10）が掲載されるくらい大量の書籍であった。当時の、新潟短期大学の蔵書数が、およそ二万九千冊であったことを考えると、およそ六分の一の量の蔵書が一括寄贈されたわけである。「読書家神林さんの面目を見る思いの本ばかりです[*60]」と短大が述べたのも理解できる。一人の商人が集めたとは思えない五一二九冊という大量の書籍の中には、『まるめら』同人の著作も入っている[*61]。

特に、大熊信行『文学のための経済学』（整理No.九五〇）と聖樹社同人編『ラ・パラポール　歌集』（整理No.三六八六）を所蔵していたことは印象的である。『文学のための経済学』は、郡司公平がその本を読んで『越後タイムス』に記事を寄稿しているし、『ラ・パラポール　歌集』は、国立国会図書館、一橋大学附属図書館には所蔵確認ができるが、一般的には貴重な書籍であろう。土田が短歌を寄稿しているとはいえ、『ラ・パラポール　歌集』を所蔵しているということは、神林がいかに土田を敬愛していたのかがわかる。また、寄贈図書が[*62]、昭和三八年一二月の『越後タイムス』主幹であった勝田忘庵から始まっているということも、新潟短期大学と柏崎市民との深い絆があったことを示している。『図書館利用の手引き』一九八九年版でも次の説明をしている。

図書館の開設以来今日に至るまで、市民有志による貴重本の寄贈が多いことも忘れてはならない。教員・学生ともどもに深い感謝の念を抱いて利用しているが、纏まった冊数の寄贈本は、寄贈者別に文庫を設けて永くそのご好意にお応えすると共に、特別の管理と運用を行っている。このような文庫は、現在、西巻・土田・曽田・勝田・渡辺・蓮池・松沢・布施・神林恒三・神林栄一・砂塚・司馬名の各氏一二文庫があり、これらの文庫の収蔵総冊数は、一万冊余になっている。*63

記者ノート

大量五千冊にのぼる「神林文庫」が

新潟短大図書館へ寄贈

6段×4間の書棚に整理しはじめたが、まだ4分の1しか入らない。（短大図書室にて）

人と話題

資料10 「大量五千冊にのぼる「神林文庫」が新潟短大図書館へ寄贈」『越後タイムス』昭和五一年二月八日、一頁。

このような文庫が形成され

たのは、昭和三〇年代から新潟短期大学が熱心に図書館集書の努力を行ったことによるのも大きかった。その結実として、新潟短期大学は、昭和五〇年代から、公共図書館の資格取得の為に、仏教大学と近畿大学との単位互換の締結を短大として行った。

新潟短大の時代には、教員免許〔職業科〕を取得するための教職科目及び図書館学〔実習を含む〕の単位を修得することによって司書教諭の免許を取得することはできたが、採用人数は極めて少なく、漸増する女子学生の卒業後の進路先としての要望が高いこと等から、学生の公共図書館司書の資格取得体制を整備しようということになった。しかしながら、その条件のすべてを本学で整えるのは難しく、むしろ他大学との連繋で条件を充足する事が望ましいということで、昭和五二年仏教大学通信学部との間で、「公共図書館司書課程を修了する覚書」を締結した。〔中略〕しかしながら、この制度では資格取得のためには本学入学から三ヶ年を要し、また就職初年度にサマースクール受講のために夏季休暇を確保しなければならない欠点があったため、昭和五八年度からは近畿大学通信学部の司書養成課程を利用するシステムに切り換えられた。*64

この司書資格の取得の状況は、「図書館実習生の記録　五八年度」『図書館の窓』の学生の声から見てとれる。*65 図書館実習と長野のスクーリングが終わった後の感想によれば、新潟短期大学の学生がひたむきに資格取得の為に努力する姿がわかる。また、「文庫」については、図書館側からも利用を促す記述が残っている。

〇下条文庫のご案内

創設者（故人）下条恭兵先生の奥様から寄贈図書があり、別紙案内の通り、「労働経済学」を中心とした図書が入りました。大いに利用してください。[*66]

柏崎の地域の人々から愛される「文庫」であったがゆえに、蔵書家・読書家の神林も、自らの大事な書籍を新潟短期大学に寄贈しようと考えたのだろう。

さらに、昭和五二年一一月二六日に、土田秀雄の遺族が一二九冊の書籍とその他小冊子・和とじ本・洋書を寄贈した。土田は昭和三七年に亡くなっており、この時期に寄贈した理由は不明だが、学園創立三〇周年記念式典と、柏専学院理事長であった高橋源治が同年一一月三〇日に理事長を退任していることに関係があったと考えられる。[*67]土田の寄贈図書の中には、大熊・小樽高等商業学校の同級生であった大泉行雄、著名な経済学者であった小泉信三や中山伊知郎の著作が入っていることがわかる。

特に印象的なのは、プロレタリア歌人同盟編『プロレタリア歌論集』（整理No.二九）と大熊信行『文学と経済学』（整理No.九一）が入っていることである。土田文庫に入っていた『文学と経済学』

が昭和四年に出版であったことに対して、神林文庫に入っていた『文学のための経済学』（整理No.九五〇）が昭和八年に出版であった事から、土田と神林の大熊への接近の時期に差があることがわかる。また、『プロレタリア歌論集』には、土田は自分の歌を掲載していない。第二章で述べたように、転載を頼まれたが断っている。そのような本を土田自身が所蔵していたことから、プロレタリア短歌に対する哀愁の念がずっとあったのだろうと考えられる。神林文庫・土田文庫に共通するのは、『まるめら』の影響が残っていることだといえよう。

八　おわりに

本章において、土田・神林・高橋といった凍土社の同人が、いかに苦労をして地域の文化の向上を図る運動を展開したのかを、柏崎市立図書館・新潟短期大学図書館の寄贈図書を中心として論じた。『まるめら』の運動が柏崎に与えた影響は、凍土社が活動をしていた当時は、それほど大きなものではなかったのかもしれない。しかし、土田の柏崎専門学校で行ったスタッフの集め方一つとってみても、柏崎商業学校の校長という職務についていなければできなかったことであろうし、神林がここまで本を集めて図書館に継続して寄贈をしたのは、柏崎の文化の豊かさを信じていたのだと考えられる。高橋源治は、図書館に本の寄贈はそれほどしなかったが、公安委員会委員長や柏専学院理事長などを歴任した。市長に柏崎市立図書館の改築を進言したのも高橋であった。[*68] その意味では、言論統制により失われた文化の停滞を解消するため、小さな力を結集させて、文化運動・図書館運動の輪を広げたことになる。最初に始まった凍土社—『まるめら』の運動は、広義において大きく文化向上に結実したと考えられる。

残念なことではあるが、新潟産業大学は、新潟短期大学の頃とは異なり、図書館を通じて人材育成をする「読書三到」の心構え（思想）や「寄贈図書」（実体）をその後継続しなかった。[*69]「寄贈図書」は除却されてしまった。[*70] しかし、土田・神林・高橋の行った文化運動・図書館運動の成果として、柏崎市立図書館には少量ではあるが図書が残っており、昭和三〇年から五〇年代において、新潟短期大学に在籍し図書館を利用した学生にとってみれば、その人格形成になんらかの影響を与えたと考えられる。こう考えていくと、神林・高橋自身は新潟短期大学の卒業生ではないが、「読書三到」を生涯、実践した人物であったと思われる。

筆者は、大熊研究に足りなかった凍土社への考察をすることによって、大熊の思想家としての一貫性を支持し、思想の根幹に位置する「生活体験」の受容を考察した。結果、『まるめら』から始まった短歌運動・地域文化運動が、戦後の柏崎の図書館運動まで広がりを持っていたことが指摘できた。つまり、大熊と凍土社の展開の関連などを対応させることが、一定程度成功できたといえるだろう。

＊1　「故人は柏崎商業卒業後、「瑞気集門神林軒」の家業に精励、「誠実・奉仕」を信条に、持前の進歩的経営感覚で、同業界随一の名門に育てあげ信望を集めた。この間、県青年団副団長をつとめ、青年運動に貢献、また市内切っての読書人、文筆家、音楽愛好家として知られ、テニス、野球などスポーツ、ボーイスカウト、ペンクラブなど幅広い文化活動を展開した。戦後柏崎市立図書館の整備改築市民運動のリーダーとなり、五十七年には蔵書五千余冊を新潟短期大学図書館に寄贈した。これら市文化教育の進展につくした幅広い功績により、五十一年市功労者として表彰を受けた。〔中略〕故西巻進四郎町長の薫とうを受けた渡辺廉造、山田英一、萩野秀雄（以上故人）、高橋源治氏ら柏崎を代表する文化知識人の典型的な一人だった。」「柏崎文化の一象徴――31日告別式　神林栄一氏急逝」『柏崎日報』昭和六〇年三月三〇日、一面。

＊2　蒲生義雄「大熊教授とおにはす」『越嶺会報』第四号、越嶺会、昭和五四年、一三頁。

＊3　田中吉六『わが哲学論争史――労働と思索』農山漁村文化協会、昭和五六年、一五―一六頁。

＊4　中川生「読者のスペース　戸坂氏の論文」『唯物論研究』第五八号、唯物論研究会、昭和一二年八月、一八五頁。

＊5　前掲『富山大学経済学部五十年史』九六五頁。

＊6　内山弘正『富山県戦前社会運動史』富山県戦前社会運動史刊行会、昭和五八年、五〇八―五〇九頁。

＊7　内山弘正『富山県戦前社会運動史・補遺訂正』富山県戦前社会運動史刊行会、昭和六二年、七七頁。

＊8　佐野一彦著、伊深親子文庫編・発行『戦争の記録第一九集　つゆくさの日記　抄　昭和十二年―昭

和十六年』、十六頁、昭和一三年九月九日。

＊9　「佐野一彦（一九〇三―一九九七）東京生まれ。哲学者で、神戸商業大学（現神戸大学）教授などをつとめる一方、文化史、社会学、民俗学などの研究を深める。一九四五年三月、加茂郡伊深村（現美濃加茂市）にえんね夫人ら家族とともに疎開した。定住後、伊深の民俗・風習の調査研究をすすめ、昭和三〇年代～四〇年代を中心に多くの写真を撮影した。」美濃加茂市民ミュージアム編・発行『ていねいな暮らしのあったころ　佐野一彦の撮った伊深の里山』平成二一年、一八頁。

＊10　大熊に知遇を受けた高岡高等商業学校の卒業生の中村外喜雄（九回生）が出版した『青年教師の戦線通信』明治印刷、昭和一七年、五一―五二頁には、大熊への手紙が掲載されている。この「大熊先生へ　一四・九・一三」には、「まるめら　如何なりましたか。続くことを望む一人です。」という記述がある。つまり、昭和一四年九月ごろには、卒業生にも『まるめら』廃刊の噂が囁かれていた可能性がある。

＊11　佐野一彦『古体和歌山居六百首』私家版、昭和四八年、頁数なし。

＊12　「富山県言論の軌跡」編集委員会取材・執筆『富山県言論の軌跡』北日本新聞社、平成一二年、一〇九頁。

＊13　第一章二二頁及び注9参照。大熊は、昭和一一年以降は、歌作を『まるめら』に投稿していないが、田辺武松『都万麻乃之遠里』私家版、昭和一二年には、「序歌」を寄稿している。大熊がこの歌を『まるめら』に転載しようとすればできたはずだが、それを敢えてしなかったことを重視したい。大熊の歌

は以下の通りである。

「都万麻乃之遠里に題す

いまのよの、ものしりたちは、ならべも、ならべるよ、万葉に、都万麻とあるは、ウツリ、トママシ、イソチヾミ、タブノキ、タモノキ、まだもまだも、名はあるぞといふ、およそ、千二百年のむかし、家持の、いその都万麻は、かげもなく、あとかたもない、渋渓埼の、名はうつり、なつはおよぎばの、いまの雨晴、タブノキときいて、都万麻のうたを、いふひともない、ものしりは、ものをしるのみ、万葉のひとのこゝろを、いまのよに、いかに生くべきを、だれもかれも、かんがへてみない、おもつてもみない。

反　歌

万葉を、ふるきがゆゑに、たうとしと、おもふ国びとに、そむかねばならぬ」

＊14「前線文庫への寄贈図書目録」『越後タイムス』昭和一三年一月二三日、四面。

＊15 神林榮一「願ひだけ」『越後タイムス』、昭和一三年一月一日、其三、二面。

＊16 嶺田芳郎「一つの心構へ」『越後タイムス』、昭和一三年一月一日、其二、三面。

＊17 山田英一「新春の詞」『越後タイムス』昭和一三年一月一六日、四面。

＊18 渡邊憲二は、高岡高等商業学校九回生で文芸部に所属していた。大熊に近かった人物で、ペンクラブの会員が兵士として召集された。

＊19「戦線に贈る――ぼくらの言葉――岡塚亮一君　渡邊憲二君」の記事にある郡司公平のコメント

『越後タイムス』昭和一三年六月一二日、五面。

＊20　『新潟県史』通史編八、近代三、新潟県、昭和六三年、六四三―六四四頁。

＊21　例えば、『十日町新聞』も昭和一五年九月三〇日号で廃刊になっており、『新潟県史』の指摘にはずれがある。

＊22　「国策に協力の名で潔く廃刊」『中越新報』昭和一四年六月二六日、一面。

＊23　小千谷市史編集委員会編『小千谷市史』本編下巻、小千谷市、昭和四二年、五一八頁。

＊24　「その後、「三条日々新聞」が加わり、昭和十年には、三条で八紙のローカル紙が刊行されていた。しかし、これらの各紙は戦時体制の進行にともなって、昭和十四年秋には強制休刊を余儀なくされ、鳴りをひそめざるを得なかった。」三条市史編修委員会編『三条市史』資料編第七巻、近現代三、三条市、昭和五六年、一〇九〇頁。つまり、三条市の新聞八紙全てが廃刊に追い込まれた。

＊25　北川省一「『越後タイムス』終刊号　上」『柏崎新聞』昭和一四年八月六日、一面によると、「『越後タイムス』終刊号千三百五十枚は、その中百枚を残しただけですべてが今立ち去つたのである」としている。つまり、当時の『越後タイムス』の発行部数は一三五〇部という事になる。

＊26　安野茂「一時の休刊と信じたい」『越後タイムス』昭和一四年七月三〇日、一〇面。

＊27　当時の『越後タイムス』について次の記述があるが、新潟県知事がどのような発言をして言論統制をしたのか判らないので、本文には入れなかった。ただし、言論統制が、県知事レベルから行われていた事実は考えられる。「私がこんな雑文を書いてゐるとペンクラブから越後タイムスの廃刊が報告され

て来た。前々から噂に聞いてゐたが愈々惜いと思つた。かつて新聞統制問題に就て中村知事は「旬週刊など、いふものは必要ない」といふ様な言葉を洩らしたさうであるが、私は今日の様に中央新聞が地方化されゝば地方新聞の唯一の逃げ道は旬週刊であり、同時に中央新聞がニユース主義で行かなければならないとすれば勢ひ評論的な地方機関紙が必要になつて来るものと信じてゐた。」宮島義雄「タイムスの廃刊――新聞雑記(終)」『柏崎新聞』昭和一四年七月二八日、一面。

＊28 「週末点描」『越後タイムス』平成二四年四月十日、四面。

＊29 山田良平『柏崎市立図書館六十年史』柏崎市立図書館、昭和四二年、二八頁。

＊30 同右、二九頁。

＊31 石井公代「神林栄一君を悼む」『柏崎日報』昭和六〇年四月三日、一面。

＊32 布施宗一「図書館にて」『越後タイムス』昭和二六年一一月四日、一面。

＊33 前掲、山田『柏崎市立図書館六十年史』、三五頁。

＊34 前川禎治編者『柏崎編年史』下巻、柏崎市、昭和四五年、一三五頁。

＊35 「特別座談会「特別ルネッサンス」」前掲『柏崎文人山脈』一六八―一六九頁。

＊36 前掲、山田『柏崎市立図書館六十年史』三七頁。昭和二九年に発足した柏崎市立図書館協議会委員には、西巻達一郎、桑野静、神林栄一、高橋源治、村山貫一、後藤秀雄、霜鳥誠一が委員になった(同三三頁)。

＊37 『図書原簿』第四巻、八〇、一三五、一三六、一三七、一三八、一三九、一四一。柏崎市立図書館

所蔵。

＊38　同右、一四二。

＊39　神林の柏崎市立図書館への寄贈は、亡くなって三年後まで続いた。「『芸術新潮』他の雑誌の請求書が亡くなってから毎年送られてきました。」「一千冊寄贈したというのは、少し多すぎると思います。」神林榮一氏のご子息神林明氏からの聞き取り調査。平成二五年一月三日。

＊40　前掲、土田「柏崎の縮布行商」、二二九—二三〇頁。

＊41　土田秀雄「日記抄（上）」『越後タイムス』昭和三二年五月二六日、一面。

＊42　土田秀雄「日記抄（下）」『越後タイムス』昭和三二年六月二日、二面。

＊43　大熊が学校経営を助言したのは土田だけではなく、プリマハム創業者の竹岸政則により、茨城県土浦市に昭和三九年に開設された竹岸高等食肉技術学校（現竹岸食肉専門学校）もある。大熊の教え子である高岡高等商業学校卒業生の上坂健三が中心となり、学校設立に尽力した。『プリマ』『プリマチェーン月報』『青雲ミート会報』などのプリマハム関連誌に、大熊は精力的に寄稿していた。

＊44　高橋章は柏崎専門学校第一回卒業生。詩を愛し、『学生新聞』等を作成する。柏崎専門学校校長であった土田秀雄に教えをうける。卒業後、柏崎市職員として勤務の後、母校に奉職する。元新潟短期大学事務長。文化活動、詩をしていたことで、詩人・蓮池慎司、詩人・むなかただんや（岡塚亮一）の知遇をうける。『蓮池文庫』・『神林文庫』の文庫設立に助力する。高橋によれば、「土田の高村光太郎の朗読について、むなかただんやが絶賛していた」とのことである。高橋章氏からの聞き取り調査、平成二

五年八月三一日。

＊45　高橋章「学園生活」、新潟産業大学学園創立五〇周年記念事業委員会編・発行、『学園創立五〇年のあゆみ――新潟産業大学開学一〇周年』平成九年、一一頁。

＊46「柏崎短期大学誕生　経済専門　五月六日開学式」『越後タイムス』昭和二五年四月九日、二面。

＊47　小栗喜三子氏からの聞き取り調査、平成二五年八月三一日。

＊48「図書館の開設」『図書館利用の手引き』新潟産業大学附属図書館、平成元年、三頁。

＊49　専門司書であった小栗喜三子司書は、土田秀雄と親しかった森三樹の娘であり、昭和二九年―平成七年まで柏崎短期大学・新潟短期大学・新潟産業大学の図書館に勤務した。栃倉繁「第三章　森三樹氏のこと――鋳金工芸家・宮田藍堂氏の思い出」『雄心会報』第一三号、昭和五三年、一五頁。また、土田が戦後に参加し、柏崎歌会同人が出版した『潮鳴　第三集』の歌人の森重蔵は、小栗の兄である。このように小栗は、地縁のつながりを持っており、柏崎の文化活動に理解があった。「昭和二九年春、柏崎比角の土地に旧新潟短期大学の古い校舎に勤めて八年、近くの理研工場の粉塵や騒音の為に、安田へ移転となり、短期大学・図書館の引越しとなりました。昭和三七年のことでした。附属高校も翌三八年に引越して来ると、三九年に新潟大地震。四五年に附属高校火災・図書館の本をグラウンドになげ出す様にして必死に避難しました。安田の地で二五年間、火災の後整理で図書館作業に沢山の協力者をいただき昭和六一～六二年に愈々、産業大学の準備へと進み、六三年の三月軽井川の地へ再度の引越し、それはそれは大変なことでした。〔中略〕私も勤めて長い学校生活を卒業させていただきます。」小

栗喜三子「物語は続く」『ＬＥＧＩＭＵＳ』新潟産業大学附属図書館、第一三号、平成七年三月、二八―二九頁。

＊50 「図書館の評価」前掲『図書館利用の手引き』三頁。

＊51 小栗喜三子氏からの聞き取り調査、平成二五年八月三一日。

＊52 「◎渡辺正亥氏（新潟図書館長）新学期から柏崎短期大学に講座新設された司書教諭コースの非常勤講師となつたが、十六日高田市でひらかれた県下図書館長会議の帰路、十七日に短大に訪れた。」「個人消息」『越後タイムス』昭和三一年四月二二日、三面。また、翌年には、次の記事がある。「◎渡辺正亥氏（新潟県立図書館長）九、十日の二日間にわたつて短大で図書館学集中講義を行う。」「個人消息」『越後タイムス』昭和三二年五月五日、三面。

＊53 『新潟県教育月報』第九巻第三号、昭和三三年六月、二五頁。

＊54 「読書三到について」前掲『図書館利用の手引き』二頁。

＊55 同右、四頁。

＊56 「昭和三七年秋、柏崎市安田に移転。その際、収容能力三五、〇〇〇冊～四〇、〇〇〇冊の書庫を建設。そして、新しい学生閲覧室には、書家勝田忘庵氏の書と篆刻になる「読書三到」の額を掲げ、読書の心構えとする。」同右、四頁。

＊57 「図書館・研究所」『新潟短期大学 一九七二』新潟短期大学、昭和四七年、五頁。

＊58 なお新潟短期大学は火災のため、多くの蔵書を失ったことがある。「昭和四五年一〇月、付属高校

の火災により稀覯本・全集・叢書・単行本など一三、〇〇〇冊を超える書物と、多数の研究資料・雑誌が紛失。また毀損して使用不能になった書物も多く、大きな痛手をうける。」「火災による紛失」前掲『図書館利用の手引き』四頁。

＊59　柏崎短期大学―新潟短期大学の時代は、NDCではなく展開分類法を採用していた。社会科学系の強い短期大学を目指す上で、特色があることを目的としていたのだと考えられる。また、霜鳥誠一が、社会科学系が強い商大図書館に勤務していたことが理由の一つかもしれない。「この時採用された図書の分類法は展開分類法。爾来、現在に至るまでこの分類法が用いられたが（昭和六三年四月以降はNDC）特に経済学を中心とする社会科学系の分類は細分化し、図書の利用は索引カード方式を採ることにした。そして集書方針は、①当面は経済学・商学・経営学に重点を置いて和洋の代表的・基本的な書物を集める、②図書館としての特色も肝要なので、例えば織物関係の経済史、経営史、史料などの集書に力を入れる、ということになった。」同右、三頁。

＊60　「大量五千冊にのぼる「神林文庫」が　新潟短大図書館へ寄贈」『越後タイムス』昭和五一年二月八日、一面。

＊61　大熊信行『社会思想家としてのラスキンとモリス』整理No.四〇六、同『文学のための経済学』整理No.九五〇）、赤松要・中山伊知郎・大熊信行『国防経済総論』整理No.二三三七）、大熊信行『戦後のヒウマニスト』整理No.四六七二）。土田秀雄『歌集　氷原』整理No.一〇三五、三八九〇）、同『随筆集　氷雪を越えて』整理　No.三五一三、三九八四）、聖樹社同人編『ラ・パラポール（拋物線）歌集』整理No.三

六八六)、佐野一彦『こころとみち』整理No.七七六)。『神林栄一殿　神林文庫リスト』新潟短期大学図書館、昭和五一年二月二日(新潟産業大学附属図書館所属)。

＊62　1. 勝田文庫(故勝田忘庵氏)昭和三八年一二月一六日、四六三冊。

2. 神林文庫A(神林恒三氏)昭和三九年九月一九日、一七四冊。

3. 神林文庫B(故神林栄一氏)昭和五一年二月二日、五一二九冊。

※神林栄一氏(昭和六〇年四月)御逝去の後御遺族より三〇万円の図書館整備基金をいただき新潟産業大学開学(昭和六三年四月)に当り、別紙目録(「近代作家研究叢書」全六〇巻)の通り、末長く学生・教職員・開かれた大学利用者各位への利用に共(ママ)していきたいと思います。

4. 曽田文庫(故曽田英宗氏)昭和三六年二月、二一六冊。

5. 土田文庫(故土田秀雄氏)昭和五二年一一月二六日、一二九冊、小冊子一三冊、和とじ本六冊、洋書三六冊。

6. 西巻文庫(故西巻達一郎氏)昭和四四年三月一二日・四月一日、七一一冊(一回目)、一三〇冊、六一冊(百人一首目録)、六六三冊(「和とじ本」六二、「洋とじ」一、リスト二五四、二、リスト一九七、未整理一五〇冊)。

7. 蓮池文庫(故蓮池慎司氏)昭和三九年七月二九日、四二冊、昭和四三年六月一三日、八五冊、昭和四三年一二月一一日、五二冊、昭和四七年九月六日、八四冊。

8. 布施文庫(故布施達子氏)不明。

9. 松沢文庫（故松沢兼人氏）不明。
10. 渡辺文庫（故渡辺一郎氏）昭和四七年一〇月一九日、四〇三冊。
11. 砂塚文庫（砂塚昭治氏）昭和五五年八月一八日　三九冊。
12. 司馬名文庫（司馬名研一氏）昭和五七年五月二五日、二四四冊と八四冊。
13. 佐野禮（専1、卒業生）昭和五八年一二月二二日、二〇冊。
14. 村山文庫（村山実氏）昭和六三年四月一日、二一八冊、四月二三日、一一五冊、昭和六三年六月二二日、図書二七冊、雑誌四種二九九冊、昭和六三年九月二日、四六冊、平成元年九月一二日、雑誌一〇種一一七冊、平成元年九月二二日、図書一六二冊、平成三年四月一七日、一六冊、平成三年七月一五日、三〇冊。
15. 金田文庫（金田一郎氏）昭和六三年六月八日、一四冊。
16. 下野文庫（故下野恵子氏）平成元年三月六日、八六冊、平成三年四月一〇日、六五冊、平成五年一月二一日、二六冊。
17. 新潟農林統計協会他、昭和六三年一〇月四日、冊数不明。
18. 下条文庫（故下条喜氏）平成元年一〇月三一日、図書八一冊、平成二年一二月二五日、二七冊、平成三年七月二〇日、三三冊、平成四年七月二七日、三三冊、平成五年一二月二〇日、一一冊。

前掲『図書館利用の手引き』一九八九年版、一六頁。文庫の成立と期日は小栗喜三子所蔵の資料に基づいた〔編集者注：寄贈年月日、冊数は未確認〕。またこの後も「文庫」は、平成六年まで続いた。新潟産業大学開設後の「文庫」は14.以下である。『図書館利用の手引き　一九九六』新潟産業大学附属図書館、平成八年、二三頁。

＊63　前掲『図書館利用の手引き』一九八九年版、四頁。

＊64　坂東淳悦「公共図書館司書の資格取得について」前掲『学園創立五〇年のあゆみ――新潟産業大学開学一〇周年』一六頁。

＊65　「近畿大学通信教育　図書館実習要項

1.図書館実習場所　新潟短期大学附属図書館

2.図書館実習期間　昭和五八年七月二三日～三〇日（長野スクーリング八月二五日～三〇日）

3.図書館実習人数　七名〔実名略〕

4.実習内容　（一）「図書（館）整理過程」の把握〔中略〕

（二）管理部門／整理部門／奉仕部門

（三）参考業務」

「図書館実習生の記録　五八年度」『図書館の窓』第八号、新潟短期大学附属図書館、昭和五八年一二月、二七―三三頁。

＊66　小栗喜三子「図書館便り」『図書館の窓』第四号、新潟産業大学附属図書館、平成元年一二月、頁数なし。

＊67　高橋源治のご子息の高橋信彦氏からの聞き取りによれば、高橋源治が土田文庫の成立の働きかけを

した。高橋信彦氏からの聞き取り調査、平成二四年一一月三日。

＊68 柏崎市立図書館編『柏崎市立図書館開館一〇〇周年記念誌』柏崎市教育委員会、平成一九年、一二一—一二三頁

＊69 平成九年と平成一二年の「図書館の現況」を見比べてみるとそれは顕著である。後者の「図書館の現況」には、前者にあった寄贈図書という文言が消えている。図書館の歴史についても簡略化されている。また、現在の新潟産業大学附属図書館のウェブサイト（http://www.nsu.ac.jp/library/）をみても、「読書三到」についての説明はなにも掲載されてはいない。

「本学創設者（故）下条恭兵先生が柏崎の地に昭和二二年旧制柏崎専門学校を開設以来四〇年の歴史をもつ新潟短期大学から改組転換し、昭和六三年四月から新潟産業大学経済学部経済学科が開学された。また平成六年四月より、人文学部環日本海文化学科が開設された。平成八年三月末現在の蔵書は新潟産業大学が八五、四〇二冊（経済学部六二、九五二冊、人文学部二二、四七七冊、製本雑誌一、四九七冊）新潟短期大学からの既蔵図書二〇、一五五冊（寄贈図書含む）で一〇、五五七冊の図書と二一七種の雑誌（経済学部一五三種、人文学部六四種）を有している。」「図書館の現況」『図書館利用の手引き　一九九七』新潟産業大学附属図書館、平成九年、二頁。

「本学創設者（故）下条恭兵先生が柏崎の地に昭和二二年旧制柏崎専門学校を開設以来四〇年の歴史をもつ新潟短期大学から改組転換し、昭和六三年四月から、新潟産業大学経済学部経済学科が開設された。また、平成六年四月より、人文学部環日本海文化学科が開設された。平成一一年三月現在の蔵書は一〇

六、五八七冊（内国書八九、五〇五冊、外国書一七、〇八二冊、製本雑誌一、七九八冊）で、図書と二〇九種の雑誌（内国誌一二五種、外国誌八四種）を有している。」「図書館の現況」『図書館利用の手引き　二〇〇〇』新潟産業大学附属図書館、平成一二年、二頁。

＊70　新潟産業大学附属図書館のＯＰＡＣ（http://opac.nsu.ac.jp/opac.html）で、「大熊信行」及び「土田秀雄」で検索したが、「大熊信行」は〇件であり、「土田秀雄」は『歌集　氷原』のみヒットした。平成二六年八月一七日現在。〔編集者注：令和三年九月一二日現在「大熊信行」は、『経済本質論』と『民族の思想』（共著）の二件、「土田秀雄」は『歌集　氷原』以外に、『氷雪を越えて』もヒットする。〕

終章

本論文において、大熊信行と土田秀雄の地域文化運動を考察した背景には、これまでの大熊信行研究において見過ごされてきた、凍土社と『まるめら』の相互関係を解明することによって、新たな大熊信行像を提示することにあった。これまでの大熊研究の多くは、大熊の経済学者としての業績や、戦後の「告白」・『国家悪』を中心とした戦争責任論を含めた時代思潮に関する業績を含めて、一定程度の評価をしながらも、大熊の思想家としての一貫性を否定してきた。

序章でも述べたが、大熊研究の中で、思想家としての大熊の一貫性を明らかにした先行研究に、池田元の『日本国家科学の思想』がある。[*1] この著作には、大熊の思想や短歌を通じての民衆へのまなざしについての分析がされてはいる。政治思想史としての分析方法や難波田春夫との比較という意味では、大変な労作ではある。しかし、大熊の内面性を直視したにも関わらず、大熊が主宰した『まるめら』の同人との交流や細かい論争についての考察が弱いのではないだろうか。

例えば『まるめら』には、大熊のように高岡高商の教授もいれば、「なかくにひさ」のように炭鉱労働者もいた。同人の中でも、同じ現象・同じ建物をみても、同じ認識であるとは限らない。「生活」を体験することは、生活者一人一人の感覚や感性によっても多面的である。また、大熊と土田秀雄との関係、凍土社とそれに伴う『越後タイムス』との関係についても、前述の『日本国家科学の思想』を含め、大熊研究の先行研究では一切触れられていない。

筆者は大熊研究に足りなかった凍土社への考察をすることによって、大熊の一貫性を支持し、思想の根幹に位置する「生活体験」の受容を考察した。筆者は、少なくとも、『まるめら』の同人からの大熊の思想的影響を見過ごすことはできないと考えるからである。結果、『まるめら』の展開と凍土社の展開の関連などを対応させることが一定程度できたといえる。

大熊研究において見過ごされてきた『まるめら』の研究の深化が、大熊研究の深化であることは間違いないと考えられる。

かつて、ジャーナリストであり評論家でもある松浦総三は、次のように大熊信行を批判した。

戦中、大政翼賛会や言論報国会の幹部として、海軍の嘱託として肩で風を切って歩いた。しかし、敗戦になると、大熊は一転して、天皇制問題を取り扱うよう、総合雑誌編集者に手紙を書いている。戦中、あれほど〝大東亜戦争完遂のために〟〝言論報国〟した大熊が一八〇度転じて、天皇制を問題にしようとしているのだ。この変わり身の速さは、詐欺学者として大熊は一流であり、やはり大熊が非凡のジャーナリストであることを示している。

〔中略〕

しかし、私たちが治安維持法で弾圧され、グウの音も出ないときに、かれは海軍や翼賛会や言論報国会で喜々と、はしゃぎながら活躍していた様を、目のあたり見た私たち世代には、大熊の「告白」は、白けてみえた。[*2]

しかし、この指摘には、大熊自身の主宰していた『まるめら』や、大熊が執筆していた『同盟通信　時事解説』『時事通信社　時事解説版』の記事についての記述は何一つ見受けられない。大政翼賛会・大日本言論報国会で、大熊自身が権力を握っていなければ、松浦の論理に整合性はないのである。

本書は、『まるめら』・凍土社を通じて大熊の短歌活動を考察し、戦時中は、一貫して短歌活動から身を引いた大熊を浮かびあがらせることを通じて、大熊を考察した。

＊1　前掲『日本国家科学の思想』。

＊2　松浦総三『清水幾太郎と大宅壮一――詐欺学（れとりつく）と処世術の研究』世界政治経済研究所、昭和五三年、五二一―五三一頁。

「あとがきにかえて」

〔編集者注〕仙石和道氏は、生前『越後タイムス』にいくつかの寄稿を行っていた。以下の二編は、仙石氏がなぜ大熊信行を研究するに至ったのかが理解できるものであるため、「あとがき」の代わりとして収録するものである。

1　大熊信行との出会い

私にとって大熊信行という人物は、非常に扱いにくいが、魅力的な人物である。もし、自分自身が大熊であったならということをよく考えるが、よくわからない。山形県出身で、経済学者で、歌人で、一橋出身で、いろんな研究をした人という説明をしていくとなんとなくわかるのであるが、なんとなくしかわからない。高名な学者・研究者の人達が大熊信行論を書かれているが、その大部分を読んでみても本当にこんな人物であったのかと疑問が残る。やはり、像がはっきりしない人物なのである。しかし、はっきりしていることは、私は、この数年間、大熊の書いたものを集めているが、その文章のうまさや熱い文章は、他の思想家・研究者に決して負けてはいない。

その意味では、自分を含めて、何かが、一部の人を狂わせる人物なのだと思われる。そう思っているときに、自分が、いつから大熊に狂っていったのかを思い浮かべてみた。

私は、高校時代から、勉強が苦手で、大学に進学するつもりはなかった。しかし、進学をしない話を祖父にしたところ、数時間に渡って叱られ続けた。祖父は元大学教員で、気性の激しい人ではあったが、私に対してはとても優しい人であったので、突然怒られたことに大変ショックであった。祖父は、自分が太平洋戦争の為に、四年間大学で勉強できなかった話をし、高等工業学校出身者であったために、大学に入学するために、苦労をしたことも話してくれた。私は、祖父の話を聞いて、昔は本当に勉強をすること自体が大変だったのだなと、同時にそれまでの祖父の言動とは違った側面を知ることができた。祖父の書斎には、工学・文学・経済学・哲学・思想・宗教学・歴史学、そして歴史小説に至るまで多くの本が犇（ひしめ）いていたので、いろんな勉強をしているということは子供の頃から知っていた。その後、祖父の家に行くと断片的に太平洋戦争の話をしたり、幾つかの本をもらったりした。特に、印象深かったのが、海軍少将であった高木惣吉の『自伝的海軍始末記』という本を貰った時であった。その時に、祖父が「この人（高木）は、中学もまともに出ていないのに、試験で海軍兵学校に入学した偉い人なんだよ」と言っていた。私は、この本を使って学部の卒業論文を書いた。今では、とても恥ずかしい出来栄えだが、高木が太平洋戦争の終戦工作をしたことや大熊が海軍のブレーンとして活躍した事も後年気が付いた。

祖父は、二年前に亡くなったが、亡くなるまで自分の研究と読書をやめなかった。子供の頃に、深夜に祖父が書斎で、大学ノートに数式を書き込んでいる姿を今でも忘れられない。私は、祖父に何でそんなに勉強をするのかと問いかけた事がある。祖父は苦笑しながら、「自分は、研究者としての能力があるわけではないが、戦争で亡くなった優秀な人達の代わりに勉強し続けている」と言っていた。私は当時、なぜ祖父のような戦争体験が執拗な学問への執着へと展開していったのか、そのエネルギーがどういう精神構造から生まれたのかということを知りたいと思った。

私が、大熊に興味を持ったのは、この祖父からの影響だと思う。大熊にとって戦争は総力戦体制における配分原理の展開の一部であったのかも知れない。だが、彼は、戦後自らの戦争責任を反省する『告白』により、知識人として人間として反省をした。大熊は、東京商科大学から博士号を貰うほどの経済学者であった。その意味では、多くの経済学者が辿ったように、すぐに経済学の世界に立ち戻ることもできたはずである。しかし、彼は、『天皇論の大観』・『国家はどこへ行く』・『戦争責任論』・『戦後のヒウマニスト』等の書籍を出版し続けていくのである。だか、それにより、転向者であるという評価も生まれた。勿論、戦前の言動と戦後の言動の一部分だけを読んで、そのように感じる人もいるだろう。しかしながら、大熊は他の知識人がやらない事を堂々とその後も執拗に思考したわけである。その点において私は大熊を高く評価したい。

大熊の小樽高等商業学校時代の学生に土田秀雄がいる。歌誌『まるめら』の同人であり、戦中期に大連の高等商業学校の教員をした人物である。また、戦前から柏崎商業の教諭をしており、柏崎に縁の深い人物である。土田秀雄著『随筆集　氷雪を越えて』（崇文荘、昭和三三年）の「ライカの秘密」の中で、「終戦後、私が北満の戦線から、言語に絶する艱難を経て、大連に帰り着いた」（七七頁）という記述が示すとおり、非常に苦労した戦争体験をされた方である。

同書の「巣鴨の生と死」の中で、大熊について記述がある。「私の常に敬慕している大熊信行博士は『時事通信』に本書〔引用者注：花山信勝『平和の発見―巣鴨の生と死の記録』〕紹介の一文を投ぜられた。本書を如何に深く理解したかは『A級七名の生と死の記録だが、他の一半はBC級二十四名の刑死を見送つた記録である。歴史の記録としては前者が優位にあるとしても、人間の記録としては後者がむしろわれわれの心をつかむ』と書かれたことでもわかるが、此の尾家大佐の遺書についても『いつかわたくしも、花山氏のこの書物を、ふたたび手にとろうとはおもわなくなるだろうが、しかしこの中の尾家大佐の遺書ばかりは、読みなおしたくなる日が、きつとあると思う』と述懐されている」（六八頁）としている。つまり、大熊の文章は、五五歳で絞首刑にされた尾家剣大佐の遺書に、読み直したくなるくらいの重い生死の問題があり、その中に人間としての記録があると土田も指摘したかったのだろう。この文章は、昭和二四年五月に、『越後タイムス』紙上に掲載されたものから転載されたものである。この土田の前述の本を読んでいくと、戦争中・終戦後の悲惨な状況が痛いほど伝わってくる。勿論、大熊と土田の戦争観が全く同じとは言えないだろうが、私が気がつくのは、この本の中に、この引用以外に、何度か大熊の名前が散見されることである。土田が大熊を意識していたことは間違いないだろう。

大熊の人間的な魅力と論理の世界がどう結びついていくのかを検証する事が大熊の戦争責任論の深化に繋がると私は考えている。そして、この土田の記事が書かれた『越後タイムス』という新聞の中にも、多くの魅力的な記事があると信じている。

（『越後タイムス』平成二二年三月一九日、二六日、各一面。文字数の関係で削られたと思われる部分を、編集者の瀬畑のもとに仙石氏から送られていた原稿を参考に改稿した。）

2　情熱を持った人々――『大熊信行全集』出版への願い

昨年十一月三日の文化の日に、久しぶりに静岡県に行ってきた。静岡県のS氏と会う為である。大熊信行研究を始めてから数年、私は、何度か静岡県を訪ねている。これは、大熊が静岡県と関係が深かったということではない。大熊の関係する資料を読みたければ、山形県立図書館の県人文庫や高岡高等商業学校の後身である富山大学経済学部資料室等を訪ねるべきだろう。しかし、そういった公共図書館や大学ではなく、大熊の資料を集め続けている方がいる。S氏は、その一人であった。私は、数年前に思わぬ偶然から、S氏と知り合う機会を得た。その後、何度かメール・電話のやり取りをしている内に、親しくなり、教えを受けている。今回は、本好きで、数年前から日本の城廻をしている友人のS・H君と一緒に訪ねたが、その本の膨大さにS・H君も驚いていた。勿論、大熊の資料だけではないのだが、図書館が集めていないような雑誌なども収集されていて、いつも冷や冷やしてしまう。S氏のご自宅に泊めて頂いても、面白そうな本・雑誌を少しでも見つけて読みたいと思ってしまい、いつも寝不足に陥ってしまう。また、寝ようとしても、大熊の資料のある本棚の前で、「もっときちんと評価しろ」という、錯覚を感じてしまうのである。

大熊と凍土社についても、話を伺ったのは、S氏からであった。土田秀雄や凍土社の同人達の話をS氏からされた時、自分は何も知らなかった。私が、新潟県に住んでいたという話をした時に、話の流れで凍土社の話になったのだが、当時は『まるめら』についてさえ、大熊の短歌くらいしか知らなかった。しかし、大熊の思想や精神を考える中で、大熊の発想の根源は、その文学的な感覚から構築されていると考えるようになった。それ故に、大熊が主宰していた歌誌『まるめら』を通じて、考えていくようになった。また、S氏のように三〇年以上に渡り、大熊の資料を集め続けている人のエネルギーの源泉がどこにあるのかという事にも関心があった。

私が、土田や凍土社に関心を深めたのは、土田の著作である『随筆集　氷雪を越えて』（崇文荘、昭和三三年）の「師と歌と」という随筆を読んでからである。小樽高等商業学校の頃について、「高商ではO（N）教授の原書講読グループに入つた。O先生を下宿に訪れ夕方から翌朝まで遂々語り明し、朝になり先生が私を部屋に残し、やがてパンを買つて戻つて来られたのには痛く恐縮した思い出がある。話題は経済や商業のことではなくてドストエフスキーの作品についての議論だつたように記憶している。芸術論や人生論で夜を明かして語り合うなど全く青年客気のなせるわざであつた。先生は経済学の研究でも早く学位をとるほどの業績を挙げられたが、歌作及び歌論の方面でもすぐれた足跡をのこしている。卒業後、私も先生の歌誌「まるめら」の同人となつた。」（一四七―一四八頁）としている。また、大熊は、小樽時代について次の短歌をのこしている。「もろともに昂ぶるこころ凍る夜のあけがたちかく語りつかれき」（大熊信行「小樽時代の回想」『母の手』短歌新聞社、一九七九年、二八〇頁）。当時の大熊は、下宿で学生達と朝まで語り合うほど、熱心であったのであろう。土田にとって、青年時代の大熊との記憶が、経済学や商学ではなくて、文学や短歌にあったことがこの文章から読み取れる。

それにしても、大熊の影響を受けたということを、資料の中ではなくて、自分の体験として感じたことがある。数年前、大熊信行研究会に出席した頃、最も印象深い「事件」に遭遇した。「事件」といっても、これは私の心の中にある「事件」である。研究会で、報告が終わった後、質疑応答が行われた。私は、数多くの論争を展開した大熊であるのだから、さぞ深い議論が行われるのかと、聞き耳を立てていたのだが、一番最初に手を上げたのは、高齢な老人であった。私は、その質問の内容については、覚えていない。ただ、質問後に、周辺から戸惑いのような失笑が漏れていた事は覚えている。報告者の発表内容と全く無関係な質問をしたからである。しかし、その老人は、身体を震わせながら、質問を最後までしていた。私は、それを見ていて、笑えなかった。その老人が、大熊の事を知りたい・関わりたいと思う、必死な気持ちが最後列に座っている、私自身に伝わってきたからである。つまり、大熊に対する熱情が覚めていないのである。

その後の老人についてはわからない。だが、この「事件」は、今でも、大熊という人物を考える上で、自分の指針になっている。

このように、大熊に多大な影響を受けた人々について記述したが、大熊に対する熱情がどこからきたのであろうか。私には、その事に関して、分析が未だできてはいない。しかし、『国家論研究』十五号（一九七八年二月　論創社）に、「追悼　大熊信行の遺したもの」という特集号がある。大熊信行研究にとって基本の書であるが、この雑誌の中で、詩人・渡辺裕人「深切な作業者」の論考がある。渡辺は、昭和三六年発刊の米沢日日新聞の編集局長をされた人物らしいが、この論考の中で「けれども大熊は、彼をして駆りたてずにおかなかった内面の衝迫がひきずるまま、なによりも直覚で、まず問題の核心を直撃した。たとえばそれが錯誤であろうと、たとえばそれが実証あたわざるなにものかであろうと、そこに向っておのれをひきずり、揮心ただ一直線にはいずり進んだ。このとき外界から彼を撃つであろう学問的桎梏、もろもろのキヨホーヘンには八方破れで、みごと捨身であったといえる。」（一一一―一一二頁）としている。私は、この論考の読了後に、大熊に対する熱情の一端をこの論考の中で、言い当てたと思われた。特に、「捨身」という表現は非常に重い言葉と感じられた。この渡辺が指摘した「捨身」こそが、大熊の大きな魅力の一つなのであろう。

「大熊信行と柏崎――高岡高等商業学校巡回講演会を通じて」（『越後タイムス』平成二三年九月九日、一面）を書く前に、『新潟新聞』と『柏崎日報』の文献調査をした。その結果、凍土社の為に、大熊が柏崎を訪問したことを確認できた。その時、私は図書館のマイクロリーダーの機械の前で嬉しさがこみ上げた。今回の記事の中で、紹介した人々が受けた大熊の「捨身」の熱情が凍土社にもあったということが確認できたからである。

できるならば、大熊の全体像を知るためにも、人間・大熊のもつ魅力を存分に解明するためにも、未だ出版されていない『大熊信行全集』の一日も早い出版が望まれる。

（『越後タイムス』平成二四年一月一日、二面。編集者が表記を調整した。）

大熊信行略歴

明治二六年二月一八日　山形県米沢市元籠町（現、中央二丁目）生まれる。
明治四五年三月　山形県立米沢中学校（現、米沢興譲館高校）卒業
大正五年四月　東京高等商業学校本科卒業
大正五年一二月　米沢市立商業学校教諭嘱託
大正六年五月　米沢市立商業学校教諭
大正八年四月　東京高等商業学校専攻部経済科入学（福田徳三博士の指導をうける）
大正一〇年三月　東京商科大学附属高等商業科専攻部経済科卒業
大正一〇年四月　小樽高等商業学校講師
大正一一年一〇月　小樽高等商業学校教授（同一四年退官）
昭和二年一月　『まるめら』創刊を援助、のち主宰
昭和二年二月　『社会思想家としてのラスキンとモリス』刊
昭和二年四月　高岡高等商業学校教授（同一七年三月退官）
昭和四年五月　文部省在外研究員（英独米二年五ヵ月）として留学
昭和一一年七月　新潟県柏崎町で一一日に、大熊が講演をする。一二日、凍土社と会合する。

昭和一六年三月　東京商科大学から経済学博士の学位を受ける
昭和一九年一〇月　東北帝国大学講師
昭和二一年三月　山形県地方労働委員会初代会長（計三期）
昭和二二年四月　「告白」発表（『季刊　理論』第一号—第三・四号合併号）
昭和二七年五月　神奈川大学教授・第二法経学部長
昭和二八年四月　富山大学教授（神奈川大学教授兼任）
昭和二九年五月　富山大学経済学部長（同三一年三月退官）
昭和三一年四月　神奈川大学教授・第二法経学部長
昭和四〇年四月　同学部改組により、神奈川大学第二経済学部長
昭和四四年三月　定年制により神奈川大学を退職
昭和四四年一二月　プリマハム株式会社教育顧問
昭和四五年四月　東京女子大学非常勤講師
昭和四六年四月　創価大学経済学部教授
昭和四八年五月　学校法人創価大学理事併任（同五〇年四月まで）
昭和五〇年四月　学校法人竹岸学園竹岸高等食肉技術学校長を兼任
昭和五一年四月　学校法人竹岸学園竹岸高等食肉技術専門学校長を兼任
昭和五二年六月二〇日　午後五時、劇症肝炎のため、郷里米沢市中央六丁目の三友堂病院で死去、

享年八四歳

（大熊信行『昭和の和歌問題』下巻、短歌新聞社、昭和五三年、の著者年譜を参照）

大熊信行主要著作

『社会思想家としてのラスキンとモリス』新潮社、昭和二年

『文学と経済学――文学・美術及び経済学に関する論集』大鐙閣、昭和四年

『マルクスのロビンソン物語』同文館、昭和四年

『文学のための経済学』春秋社、昭和八年

『経済本質論――配分と均衡』同文館、昭和一二年

『文芸の日本的形態』三省堂、昭和一二年

『経済本質論――配分と均衡　第二版』同文館、昭和一三年

『政治経済学の問題――生活原理と経済原理』日本評論社、昭和一五年

『経済本質論――配分原理第一巻』日本評論社、昭和一六年

『国家科学への道』東京堂、昭和一六年

『天皇論の大観――これからの国体観のために』山形県社会教育協会、昭和二一年

『戦争責任論――戦後思潮の展望』唯人社、昭和二三年

『戦後のヒウマニスト』板垣書店、昭和二三年
『国家はどこへ行く』鼎書房、昭和二三年
『経済本質論——計画経済学の基礎』東洋経済新報社、昭和二九年
『国家悪——戦争責任は誰のものか』中央公論社、昭和三二年
『結婚論と主婦論』新樹社、昭和三二年
『家庭論』新樹社、昭和三八年
『資源配分の理論』東洋経済新報社、昭和四二年
『国家悪——人類に未来はあるか』潮出版社、昭和四四年
『日本の虚妄——戦後民主主義批判』潮出版社、昭和四五年
『日本の思潮——現代思想の史的展望』（上・中・下）潮出版、昭和四六、四七年
『兵役拒否の思想』第三文明社、昭和四七年
『芸術経済学』潮出版社、昭和四九年
『生命再生産の理論——人間中心の思想』（上・下）東洋経済新報社、昭和四九年、五〇年
『文学的回想』第三文明社、昭和五二年
『昭和の和歌問題』（上・下）短歌新聞社、昭和五二年、五三年
『母の手——大熊信行全歌集』短歌新聞社、昭和五四年
『戦中戦後の精神史』論創社、昭和五四年

『定稿・告白』論創社、昭和五五年
『ある経済学者の死生観——大熊信行随想集』論創社、平成五年

編集代表あとがき

瀬畑　源

一、本書の出版の経緯

本書の著者である仙石和道君は、二〇一九年八月七日、心筋梗塞で突然帰らぬ人となった。筆者は七月末まで、定期的に連絡を取っていたので、信じられない思いでその連絡を受け取った。仙石君は生前、筑波大学に提出する予定で博士論文の執筆を進めていたが、最終的に提出をしていなかった。主査候補であった筑波大学大学院図書館情報メディア研究科の後藤嘉宏先生からは、二〇一八年に博論についてのアドバイスを受けていたとのことである。彼の事実上の師であった池田元先生（筑波大学名誉教授）は、仙石君に対して、原稿を出版するようにとアドバイスを送っていたようであるが、本人が固辞していたという。仙石君はもっと内容を良くしてからと思っていたのかもしれないが、志半ばで断たれることになった。

仙石君の死後、池田先生から、長年親交のあった筆者に、彼の研究は大熊信行に関する唯一の「本格的」論文であり、できれば原稿を出版してほしいとの依頼を受けた。そこで、ご遺族及び後藤先生に問い合わせた所、「博士論文素案二〇一五年一二月二五日」と題された原稿を入手した。データを見ると、二〇一八年六月五日が最終更新日であった。以後にどのような修正をしていたかは不明のため、この原稿を元に出版を計画することになった。

そこで、仙石君と生前に親交のあった今井勇、小野寺茂、長谷川亮一、村松玄太各氏に連絡し、出版への協力を求め、快諾を得た。しかし、おりしも新型コロナウイルス感染症が世界中に蔓延する中で、筆者を含めてそれぞれが多忙となり、本格的に作業を始めることができたのは二〇二一年三月になってからであった。

仙石君の文章は、草稿段階であったこともあり、わかりにくい表現があり、出典の記載にも誤記が散見された。著者が故人であるため、そのままの形で出版を目指すということも考えられたが、編集者で会議をした結果、最小限の修正をして商業出版に堪えられるものにしようと判断した。

そのため、文章については、筆者が文意の変わらない範囲で修正を行った。仙石君は生前、投稿前に論文を筆者に見せて修正を求めたことが何度もあった。なので、筆者が手を加えることは、口癖の「すまんね」と言って苦笑いしながら許してくれるのではと思っている。

残念ながら仙石君が生前に集めていた資料は、突然亡くなったこともあり、混乱の中でその多くが廃棄されてしまっていた。そのため、出典の確認のため、各編集者が手分けをして資料を収集した。また、仙石君が資料をコピーして送っていた大熊研究家の柴田紀四雄氏から、資料の提供を受けた。確認できなかったものについては、編集者の注記を入れた。入手が困難な資料も多く、出典の資料を探しながら、よくぞここまでしらみつぶしに探したものだと感心することしきりであった。おそらく、関係者から直接入手した資料であったと思われ、仙石君が「足で資料を稼いだ」という証拠でもあろう。

編集者の会議では、漢字の表記方法が問題となった。仙石君は資料の引用を旧字体で書くことにこだわっていた。しかし、必ずしも徹底されていたわけではなく、新字体も混ざっていた。商業出版が決まった際に、読者の便を図る方が、仙石君の論文の意図がより伝わるであろうと考え、漢字は新字体に統一することとした（かなづかいは旧かなづかいのまま）。また、一部には出典のルビまで収録されていたが、繁雑になるために、重要部分を除き省略した。年の表記は元号でほぼ統一されていたため、これを尊重した。読みやすさを考え、編集者が図版を挿入した。

出版社は、大熊信行の本を数多く出版し、大熊の死後には、大熊信行研究会の事務局が置かれていた論創社しかないと考えた。そこで、論創社から著書を出版されている池田先生に、森下紀夫社長をご紹介いただいた。原稿に目を通した森下氏から、すぐに出版の快諾をいただいた。出版不況の中、さらに著者が亡くなっているという状況であるにも関わらず、出版をお引き受け下さったことに心より感謝申し上げたい。

本書の校正は編集者が責任をもって行った。もし誤記などがあれば、その責は編集者が負うものである。

二、著者の研究について

ここで、仙石君と編集者との関係について、説明をしておきたい。

仙石君と筆者である瀬畑が初めて出会ったのは、一九九九年四月のことである。当時筆者は一橋大学社会学部の吉田裕ゼミ（政治学）の四年生であった。仙石君は、他大学からゼミに参加したいと吉田先生に申し出て許可された。筆者は当時大学院を目指しており、仙石君とよく議論し、研究会を共にする仲となった。

彼が大熊信行のことをいつから口にするようになったかは、残念ながらハッキリとした記憶はないが、学部生の頃から、大熊の「告白」を高く評価していたような覚えがある。仙石君が、彼の表現で言うところの「大熊に狂った」理由は、「あとがきにかえて」の彼の文章を参照されたいが、少しだけ補足すると、彼の研究動機は、尊敬していた母方の祖父の影響が強いように思われる。祖父は大熊と同じ山形県出身であった。筆者は、「これからじいさんの所に頼まれた本を届けてくる」と言って、祖父の元に彼が向かっていく姿を何度も見かけた。仙石君が大熊にこだわった大きな理由に、この祖父の存在があったことは疑いないだろう。

長谷川亮一が仙石君と交流を持ったのは、一九九八年一一月のことに遡る。千葉大学の学生であった長谷川は、雑誌『世界』（第六五六号、一九九八年一二月）の座談会「大学生は『戦争論』をこう読んだ」に参加したところ、長谷川のウェブサイトに掲載されていたメールアドレスに仙石君がメールを送ってきたという。二〇〇一年に仙石君は、中心となって運営していた研究会に長谷川を誘い、初めて対面した。

小野寺茂と村松玄太は、所属していた明治大学大学院の後藤総一郎ゼミ（日本政治思想史）に、仙石君が二〇〇一年頃、他大学院から参加していたころに知り合いとなり、その後研究会などを一緒にするようになった。特に小野寺は、仙石君の「飲み友達」であり、良く都内の大衆酒場を飲み歩いていた。

仙石君は修士課程修了後、二〇〇二年四月に図書館情報大学（現：筑波大学）大学院情報メディア研究科の博士後期課程に進学した。その頃、筑波大学大学院歴史・人類学研究科で大熊信行を研究していた池田元先生の元を訪れ、ゼミへの参加を許された。仙石君は池田先生を事実上の師と仰ぎ、池田先生も仙石君の熱意を評価されていた。また、池田先生は早稲田大学大学院政治学研究科で「日本政治思想史研究」の非常勤講師をされており、そのゼミにも仙石君は参加をしていた。

仙石君は、二〇〇四年から〇七年にかけて、都内やつくばなどのさまざまな場所で知り合った院生や修了生などと、「時代思想の会」という近現代日本思想史の研究会を組織し、池田先生に指導を仰ぎ、研究発表会を主宰していた。「時代思想の会」という名称は池田先生がつけたものであり、「「時代を撃つ思想」を研究する会、「時代を撃つ思想」者の会」の意であった。その場には、筑波大の院生であった今井勇をはじめとして、他大学の院生であった筆者や小野寺、長谷川、村松も参加していた。今井は池田先生の紹介で仙石君と知り合い、良く珈琲を飲みながら研究の話をする友人となった。

仙石君の研究手法は、徹底的に大熊やその弟子達の書誌を集め、大熊の在地での短歌活動に焦点を当てることで、大熊自身の思想形成・成立・展開に着目していくものであった。そして、在野の大熊信行の研究者である柴田紀四雄氏（「あとがきにかえて」のS氏）と知り合い、会話の中で柏崎の凍土社のことを知った。柏崎の人たちが、大熊の影響を受けて地域の文化運動を担っていく姿に着目し、関係者を訪ね歩いて行った。

後述する著作目録に、仙石君が柏崎のローカル紙『越後タイムス』で書いたコラムの一覧を掲載した。『越後タイムス』は、土田秀雄をはじめとする凍土社のメンバーが、歌を発表した媒体であった。仙石君は編集発行人の柴野毅実氏と知り合い、『越後タイムス』に二〇一一年から一四年まで、断続的にコラムを書き続けた。特に、二〇一一年には大量の記事を書いている。記事を書く中で論文のアイデアを整理し、二〇一二年以降の著作目録の論文の五以降、つまり本書に収録されたほとんどの論文の執筆へと繋がっていった。

仙石君は、本書に引用した「あとがきにかえて」の「情熱を持った人々―『大熊信行全集』出版への願い」の中で、大熊信行研究会で会ったある老人の話を取り上げている。自分もまた大熊に影響を受けた一人であり、その老人や土田秀雄や神林榮一などに自分を重ねているところがあったのかもしれない。

仙石君の大熊研究は、二〇年近くをかけて大熊やその弟子達の人生を咀嚼し、その魂をも我がものとしようと全身全霊をもって取り組んでいたものだと思っている。彼の研究が、今後どのような展開をするのか見てみたかった。それが残念でならない。

三、仙石和道著作目録

○論文等

一　「時事通信社『時事通信・時事解説版』と大熊信行――一九四六～一九四八年を中心として」、『出版研究』、第三五号、六五―八二頁、二〇〇四年

二　「大熊信行研究ノート――戦前の論文を中心として」、『日本史学集録』、第二七号、三三―五四頁、二〇〇四年五月

三　「大熊信行研究ノート――戦後の論文を中心として」、『図書館情報学研究』、第三号、七五―九四頁、二〇〇五年二月

四　「大日本言論報国会時代の大熊信行――雑誌『公論』を巡る一考察」、『出版研究』、第三七号、一六五―一八九頁、二〇〇六年（本書第五章）

五　「『越後タイムス』における地域文化運動の研究――土田秀雄を中心として」、『政治経済

史学』、第五四五号、一九―三九頁、二〇一二年三月（本書第二章）

六　「高岡高等商業学校時代の大熊信行――歌誌『まるめら』における在地的展開を中心として」、『千葉史学』、第六二号、一一四―一三四頁、二〇一三年五月（本書第一章）

七　「歌誌『まるめら』における在地的展開――凍土社と柏崎ペンクラブ」、『越佐研究』、第七〇号、一〇一―一一九頁、二〇一三年五月（本書第四章）

八　「土田秀雄の地域文化運動――短歌運動を支えた人々を巡って」、『政治経済史学』、第五五九号、一四―三四頁、二〇一三年七月（本書第三章）

九　「新刊紹介　下畠知志著『南原繁の共同体論』」、『千葉史学』、第六三号、八六―八八頁、二〇一三年一一月

一〇　「史料情報　大熊信行」『日本歴史』第七九九号、八六―八九頁、二〇一四年一二月

一一　「戦後の柏崎図書館運動（一）歌誌『まるめら』の終焉から戦後の復興を巡って」、『政治経済史学』、第五八〇号、四〇―五三頁、二〇一五年四月（本書第六章前半）

一二　「戦後の柏崎図書館運動（二）歌誌『まるめら』の終焉から戦後の復興を巡って」、『政治経済史学』、第五八一号、二八―四八頁、二〇一五年五月（本書第六章後半）

○『越後タイムス』への投稿記事

「大熊信行との出会い（上）」二〇一〇年三月一九日、一面（「あとがきにかえて」収録）

「大熊信行との出会い（下）」二〇一〇年三月二六日、一面（「あとがきにかえて」収録）
「『越後タイムス』と講演会」二〇一〇年五月二八日、一面
「寄贈図書のゆくえ」二〇一一年一月七日、三面
「『越後タイムス』と『まるめら』——大熊信行研究の新著を通じて（上）」二〇一一年二月二五日、四面
「『越後タイムス』と『まるめら』——大熊信行研究の新著を通じて（下）」二〇一一年三月四日、一面
「土田秀雄と北里徹」二〇一一年四月一日、四面
「使命——創刊百周年に寄せて」二〇一一年五月二〇日、三面
「透明度の高い詩人の死」二〇一一年七月一五日、四面
「凍土社の歴史——『柏崎青年団報』を通じて」二〇一一年七月二九日、三面
「大熊信行と柏崎——高岡高等商業学校巡回講演会を通じて」二〇一一年九月九日、一面
「凍土社の歴史——『越後タイムス』紙上における論争過程（上）」二〇一一年一〇月一四日、四面
「凍土社の歴史——『越後タイムス』紙上における論争過程（下）」二〇一一年一〇月二一日、三面
「凍土社の歴史——定型から新歌態への変化過程（上）」二〇一一年一一月四日、四面

「凍土社の歴史――定型から新歌態への変化過程（下）」二〇一一年一一月一一日、四面
「情熱を持った人々――『大熊信行全集』出版への願い」二〇一二年一月一日、二面（「あとがきにかえて」収録）
「歌誌『まるめら』の人々――佐野一彦の展示について」二〇一四年一月一〇日、二面

四、謝辞

本書の出版にあたり、まず池田元先生に感謝を申し上げたい。池田先生のご提案と論創社へのご仲介がなければ、本書の出版はありえなかった。また、仙石君への思いのこもった序文をいただいた。また、出版を引き受けて下さった論創社の森下紀夫社長、編集者の小田嶋源氏には改めて感謝を申し上げたい。

資料収集や出版に関する相談などで、柏崎市立図書館、上越市立高田図書館、高岡市立図書館、富山県立図書館、富山大経済学部資料室、直江津高等学校・直江津中等教育学校同窓会、新潟産業大学附属図書館、美濃加茂市民ミュージアム、防衛省防衛研究所戦史研究センター史料室、龍谷大学深草図書館、後藤嘉宏氏、柴田紀四雄氏、吉田真也氏、岡田林太郎氏、高野美希氏に御世話になった。また仙石君の御両親からは、本書の出版の御承諾をいただいた。

この書を、謹んで仙石和道君の御霊に捧げる。

二〇二一年九月一五日

編集者を代表して　瀬畑　源

編集代表

瀬畑源（せばた・はじめ）

龍谷大学法学部准教授。1976年生まれ。一橋大学大学院社会学研究科博士後期課程修了、一橋大学博士（社会学）。主要業績：『公文書問題—日本の「闇」の核心』集英社新書、2018年。共編著『平成の天皇制とは何か—制度と個人のはざまで』岩波書店、2017年。

編集

今井勇（いまい・たけし）

神奈川大学法学部非常勤講師。主要業績：『戦後日本の反戦・平和と「戦没者」—遺族運動の展開と三好十郎の警鐘』御茶の水書房、2017年。

小野寺茂（おのでら・しげる）

ライター／ジャーナリスト。月刊経済雑誌『ＺＡＩＴＥＮ』嘱託記者。主要業績：『定食酒場食堂の奇跡』牧野出版、2018年。

長谷川亮一（はせがわ・りょういち）

東邦大学薬学部非常勤講師。主要業績：『「皇国史観」という問題——十五年戦争期における文部省の修史事業と思想統制政策』白澤社、2008年。

村松玄太（むらまつ・げんた）

明治大学史資料センター職員。主要業績：『明治大学140年小史』DTP出版、2021年（共著）。

仙石和道（せんごく・かずみち）
1974年北海道生まれ。筑波大学大学院図書館情報メディア研究科博士後期課程単位取得退学。主な業績として、「大熊信行研究ノート―戦後の論文を中心として」『図書館情報学研究』（第3号、2005年）、「高岡高等商業学校時代の大熊信行―歌誌『まるめら』における在地的展開を中心として」『千葉史学』（第62号、2013年）など。2019年、逝去。

大熊信行と凍土社の地域文化運動
――歌誌『まるめら』の在地的展開を巡って

2022年4月10日　初版第1刷印刷
2022年4月20日　初版第1刷発行

著　　者　仙石和道
編集代表　瀬畑源
編　　集　今井勇、小野寺茂、長谷川亮一、村松玄太
発 行 所　論創社
東京都千代田区神田神保町 2-23　北井ビル
tel. 03（3264）5254　fax. 03（3264）5232　web. https://www.ronso.co.jp/
振替口座　00160-1-155266
装幀／宗利淳一
印刷・製本／中央精版印刷　組版／ロン企画
ISBN978-4-8460-2153-5　